ハヤカワ文庫 SF
〈SF2141〉

宇宙英雄ローダン・シリーズ〈553〉

瓦礫の騎兵

H・G・エーヴェルス＆クルト・マール
渡辺広佐訳

早川書房
8048

PERRY RHODAN
DAS SIEGELSCHIFF
DIE TRÜMMERREITER

by

H. G. Ewers
Kurt Mahr

Translated by
Hirosuke Watanabe
First published 2017 in Japan by
HAYAKAWA PUBLISHING, INC.
This book is published in Japan by
arrangement with
PABEL-MOEWIG VERLAG KG
through JAPAN UNI AGENCY, INC., TOKYO.

目次

瓦礫の騎兵

印章船

H・G・エーヴェルス

登場人物

エリック・ウェイデンバーン……………スタックの提唱者
ジェルシゲール・アン……………………シグリド人艦隊の前司令官
十一クオのジョー…………………………クオウォック艦隊の司令官
九クオのシン………………………………クオウォック。首席遺伝学者
九クオのベン………………………………同。首席サイバネティカー
八クオのタン………………………………同。《フェンリク・ゴルーン》船長

1　逃亡した者

アルマダ作業工の一グループが視界に入り、ジェルシゲール・アンは姿勢を低くした。見つかれば、逃亡は失敗だ。すぐさま警報が発令されるから！

宇宙服の制御装置のスイッチを入れた。半球形の、通常は透明な耐圧ヘルメットが、外側からは不透明になる。

とはいえ、それがアルマダ作業工にとり、自分を認識する障害になるのかどうか、シグリド人は自問する。ロボットのセンサーは高感度で、おそらく、アンの細胞核放射を測定する能力も有しているはず。

絶望的な気分で、強奪したアルマダ牽引機の上部にあるレンズ状の透明ドームごしに目を凝らす。

オルドバンの命令でアルマダ第一七六部隊の司令官としてのポストを奪われ、自室キ

ャビンに追いはらわれたショックは長くはつづかなかった。すべてのシグリド人同様に
アンも活動することを欲しており、活力の弁が閉ざされると、攻撃への傾向が出る。
すばやく決断すると、淡青色の宇宙服を着用し、《ボクリル》をはなれた。そのさい、
何十年もかけてあらゆるシグリド艦の技術的細部に関して獲得した無数の知識が、最良
の助けになった。操作によって、ある特定回路の遮断装置をシミュレーションできるよ
うになったのだ。
そのことによって、司令室のコンソールには、中央回路と個別ハッチのロック間の情
報フィードバックが機能していないことがしめされる。それはすべての艦長たちにとっ
て、すみやかに解決しろと、文字どおり叫びたくなる不快事である。アンの後任である
ターツァレル・オプのような官僚は、もちろん過剰反応するにちがいない。それがアン
の計画における心理的要素ということ。
　黒の成就にかけて！　まさしく予想どおりにオプが反応したとき、アンの目は勝利に
輝いた。オプは、まもなく修正回路が誤作動の除去を知らせただけでは満足できず、新
司令官がきわめて誠実な仕事をしていることを乗員たちに証明しようと、艦全体のエア
ロック演習を指示せずにはいられなかった。そうすれば、《ボクリル》のアルマダ作業
工がアルマダ中枢にも知らせるはずだ……第一七六部隊のターツァレル・オプは、新司
令官の役割を完璧にこなしていると。

そうではないのだが！　もしそうだったら、オプは、自分の前任者がエアロック演習を利用してひそかに艦をはなれる可能性があると予測したはずだ。しかし、オプの精神はさほど柔軟ではなく、自分とちがう行動をとる者がいると想像することができなかったのだった。

アルマダ作業工が視界から消えたとき、アンはとめていた息を思わず急激に吐いたが、気づかれずにすんだ。

前司令官は立ちあがり……次の瞬間、身をかがめた。背中の瘤に、またもやリウマチの刺すような痛みがはしったのだ。八本指の手で、制御室のちいさなコンソールにしがみつく。

数秒後、痛みの発作は去った。

ジェルシゲール・アンは制御装置をチェックする。《ボクリル》の近くで浮遊していた箱形のアルマダ牽引機の集団から、かれがこの箱を強奪して、まだ一時間もたっていない。しかし、アルマダ第一七六部隊をはなれるには充分な時間だった。

グーン・ブロックの〝ななめ下〟の宇宙空間をうつす探知スクリーン上に、アンのかつての部隊五万隻のリフレックスが、大きくひろがったボウルの一部のように見えていた。部隊は、探知機を通すと霧のようにしか見えない、ほぼ二万隻の船からなるちいさな未完成の中空の球体を包囲している……トリイクル9をとりまく残骸リングの方角にある隙間をのぞいて。

異人の船団……より正確にいえば、異人の部隊だ。なぜならば、無限アルマダを前にすると、二万隻の宇宙船などは一部隊以上のものではない！

部隊を包囲している総計二十五万隻のアルマダ艦は、いつ攻撃に移行するだろうか？

アンは解任後もアルマダ中枢の命令を傍受していた。それは、異人の部隊に対する決定的攻撃を準備し、実行しろというものだった。

ジェルシゲール・アンはこの命令に驚いた。トリイクル9の悪用に対するこの部隊の罪は裏づけられていなかったし、異人が無限アルマダに敵意を持っている証拠もなかったのだから。

しかし、トリイクル9の発見以来、アルマダ中枢はつじつまの合わない反応をしている。アンは、トリイクル9発見にあたり、画期的な意味のある決断がなされるだろうと期待したアンは、なんら重要な決定がなされないことに失望せざるをえなかった。アルマダ中枢においては、目(ま)のあたりにした状況にどう反応したらいいかわからないのではないか。

こういう状況下で、部隊を攻撃せよと命令するのは、些末(さまつ)なことに思われた。

アンはがっしりした肩を揺らした。無力感でからだが震える。オルドバンはなにかおかしいのではないかと思う。しかし、同時に、太古の伝承があたえてくれる希望にしがみついた。それによれば、オルドバンは無限アルマダの出発時点の司令官で、黒の成就の直後にあらわれ、宇宙における その代理人のような力強き者だという。

そういう存在が死んだり、精神的に弱ったりするはずはない。だが……

アンは探知スクリーンを見た。そこには、アルマダ牽引機の〝前〟にあるすべてのものがうつっている。まず第一に、ほかのアルマダ部隊のリフレックス。かたちのふぞろいな数万隻の宇宙船の大きな群れがいくつも、一見、動かずに宇宙空間を浮遊している。実際には、たえず動きまわり、相手のコースを横切ったり、上昇したり、下降したりしているのだが。ただし、全体の動きとしては一方向に向かっていた。そして、それらのあいだを、大きさもさまざまな無数のアルマダ牽引機と、多数のグリド工廠がたえず飛びまわっている。

例外は一リフレックスだけだ。それはアンのグーン・ブロックから数光秒しかはなれていないところにあり、どの編隊にも属しておらず、単独で飛行している。

このリフレックスがなにをあらわしているのか、アンは知っていた。そこが、かれのめざしているところなのだから。

それは多数の大型グーン・ブロックから構成された輸送機《ゴロ＝オ＝ソク》である。アルマダ第一七六部隊から見てアルマダ中枢方向にあり、機内のキャビンやシャフトに十万名の異人宙航士がいた。自分たちの船をはなれたあと、アンの命令で宇宙空間から収容された者たちだ。

最初アンは、かれらは船を捨てて瓦礫フィールドに身をかくすつもりなのだと思った。しかし、船団内では以前と変わらず通信が飛びかっており、それらの船が乗員たちによって放棄されたのではないことを物語っていた。

なぜこれらの異人は船を出て、宇宙服の飛翔装置で瓦礫フィールドへのコースをとるのか、アンには理解できなかった。しかし、かれは、異人のすることすべてが理解できるわけではないとわかるくらいには、異人のメンタリティを知っていた。かれらの行動には疑いなく、十万もの理由があるのだろう。

しかし、かれはその理由を知りたくて輸送機を追っているのではない。《ゴロ＝オ＝ソク》に行きたいのは、それがアルマダ中枢の方向に飛んでいるからなのだ。アルマダ中枢へ到達するという希望をいだいているわけではない。なんといってもアルマダ中枢は無限アルマダのタブー領域なのだから。いかなるアルマディストもそこには入れないし、アルマディストでない者は、その試みのさいに命を落とすとさえいわれている。

ジェルシゲール・アンは、実現できる希望とできない希望があるのを知っていた。かれ自身、なぜ自分が輸送機へ行きたいのか、はっきりとわかっていたわけではない。アルマダ中枢の近くに行きさえすれば、すくなくともいくつかのさしせまった問題の答えが得られるのではないかと期待したのかもしれない。

かれの手が、自立した生物のように制御装置のセンサーに置かれると、探知リフレックスが、エレクトロン表示による《ゴロ＝オ＝ソク》の輪郭に変わった……

2 失望した者たち

ある名前が呼ばれるのを聞いた。

自分の名前だ。

いままでかれは、巨大なキャビンとシャフトの迷宮の、どこか暗いかたすみでうずくまっていた。未知種族のロボットに連れてこられたのだ……ほかのテラの男女十万人とともに。かれは行動を起こすことができなかった。心の内が燃えつきていたから。もはや希望も信念も目的もない……それゆえ、生きつづける理由も。

ふたたび、自分の名前が呼ばれるのを聞いた。

「エリック・ウェイデンバーン！」

こんどは、頭をもたげる。

「エリック、どこにいるのだ？」と、どこかから響いてくる。不気味なエコーをともなって。

「わたしは死んだ」かれは陰にこもった声でいう。

ブーツの足音が鳴りひびき、だんだん大きくなり、それからどこかに消えた。

輝きの失せた目でエリック・ウェイデンバーンはぼんやりと前方を見る。あたりは暗闇だ。五十メートルほどはなれたところで、闇のなかを、線状の輝きがずっと上へと伸びていた。それが反射によって床では二重に見える。

しかし、ここではどこが天井で、どこが床なんだ？

なにかが左から床の線状の輝きへと近づいた。高さ二メートル、直径二メートルほどのシリンダー状の胴体を持つ黒い構造物で、上下は低い円錐体でおおわれて尖っている。その円錐の上下に一個ずつ、ちいさな矩形の箱がうなり音をたてている。胴体のまわりには、レンズ状の膨らみやへこみが配置されている。

構造物はなんら操作器官をくりだしていなかったが、エリックはそれを、自分とかつての仲間たちを捕らえた未知ロボットの一体だと思った。無意識に頭をひっこめ、身をかがめる。

しかし、ロボットは、かれの存在を認識することなく、床のすぐ上をうなり音を響かせて浮遊し、通りすぎていく。見えなくなると、エリックはふたたびほうっておかれる。

床のたえざる弱い振動と、遍在するほとんど聞きとれないくらいのうなり音のせいで、眠りこんだようだ。だれかにつつかれ、ひどく驚く。

ななめ上方に卵形の女の顔がぼんやりと見えた。かれと同様、セラン防護服を身につけている。ヘルメットは見えないから、頸のうしろの膨らみ部分にたたみこまれているにちがいない。赤褐色の髪が柔らかくウェーヴして肩に垂れている。

女の顔を確認しようとしたが、暗くてよく見えなかった。それでも、苦々しげな口もとが見てとれた。

「エリック・ウェイデンバーンを見なかった？」女がせっぱつまった声でたずねる。

「わたしは死んだよ」と、かれは答えた。

女は両手を振って否定のしぐさをする。

次の瞬間、どぎつい光が顔に注がれた。かれはまぶしくて目をつぶった。

「エリック・ウェイデンバーン？」女がとりみだしたようにいい、それからすすり泣く。こんどははっきりとした声で、「エリック・ウェイデンバーン！」

まばゆい光がわきに移動するのが閉じたまぶたごしにわかったので、目を開けた。

女の顔がはっきりと見え……それが、だれであるのかも認識した。

シャレイ・コヒニク……《白雪姫》という名を持つディノNGZ級艦隊テンダーの、首席オペレーターだ。

シャレイは手袋をはめた右手で目をぬぐって、いった。

「あなたを探しまわっていたのよ、エリック。みんなが、あなたを必要としている。あなたがいなければ、わたしたち、スタックの声を聞くことができない」

自分にはもう内なる声が聞こえていないと意識させられ、ひどい痛みが胸に刺さる。数時間あるいは数日前には、かれのなかで明瞭に響いていた声がスタックへと導き、その入口のすぐ前に立っていることを、一瞬たりとも疑わなかったのに。

「なぜだ?」と、たずねる。

シャレイ・コヒニクはかれの前にしゃがみこみ、

「どういうこと? なにが起こったの? なぜ、わたしたちはここにいるの? わたしたちのスタックはどこなの?」

エリックは彼女の顔を見、それから悲しげに頭を振った。これらの問いに対する答えをもとめようとすることに意味はない。なにもかも無意味になってしまったのだ。シャレイがそれを理解し、ほうっといてくれさえすればいいものを! だが、そうするには彼女は若すぎる。エリック同様に身をかくし死を待つかわりに、シャレイは泣きはじめた。

突然、泣き声がしわがれた男の声にかき消された。

「いったいどうしたというのだ?」声がいう。

エリックはそれに反応しなかったが、シャレイは泣くのをやめ、

「エリック・ウェイデンバーンを見つけたのよ。ここにいるわ。でも……」

「エリック・ウェイデンバーンだと?」男の声が彼女をさえぎる。「かれの身になにか

あったのか？　死んだのか？」

「いえ」と、シャレイ。「でも、なんといったらいいか……変なの」

力強い足音が近づいてきた。それから、荒々しい両手がウェイデンバーンの両肩をつかみ、はげしく揺すった。

「おい、正気をとりもどすんだ！」

エリックの頭が揺れる。目を開けようとするが、わずかしか開かない。

男の両手がかれの肩をはなし、セラン防護服の前部をつかんで高く持ちあげた。

「かれは薬物を摂取したのか？」攻撃的で耳ざわりな声がたずねる。

「わからない」シャレイはとほうにくれていう。

男が平手でエリックの顔をたたいたので、彼女は驚いて、

「お願いだからやめてちょうだい！」と、大声を出す。「かれはエリック・ウェイデンバーンなのよ！」

「だからだよ！」と、男はいう。それでも、エリックをたたくのはやめた。

エリックははげしくよろめく。しだいに、かれの生命エネルギーの一部分がよみがえってきた。完全に目を開き、肩幅のひろい長身の男を見つめる。男のセラン防護服の胸の上には宇宙ハンザ所属軽ハルク船の略語である、〝LHH《デターリング》〟と記された細いプレートがついている。

宙航士はにんまりするが、目は笑っていない。冷たく、威嚇するように輝いている。

「きみはだれだ?」エリックがかぼそい声でたずねる。

「《デターリング》の第三メタグラヴ技師、インガル・コポックだ」男は皮肉を帯びた声で、「いかさま師を信じたせいで無限アルマダに拉致されたよ」

「エリックはいかさま師なんかじゃないわ!」シャレイが抗議する。

インガル・コポックは苦々しく笑い、

「わたしはおろかだった。この精神錯乱者のスローガンに引っかかり、スタックの存在と、われわれがそこで味わう最高の実現を信じてしまうとは。そもそもスタックがなんなのか問いなおすことがないほど、おろかだった。しかし、いま、わたしはふたたび考えることができる。で、エリック・ウェイデンバーン、あんたにききたい。この〝スタック〟という語の背後に、なにがひそんでいるんだ!」

エリックは額にしわをよせ、意識を集中し、記憶をたどろうとつとめる。

〝地上は暗く、目にはなにも見えませんでした。歩みだそうとしても、両手で前方を探り、耳で聞いたものにしたがうしかありません。音ばかりだったのです〟

思わず身震いした。潜在意識がかれに、記憶の一部であるかのようにあたえた言葉の背後に、恐ろしい秘密がかくされていると予感したからだ。

しかし、かれにはわかっている。この言葉をけっして聞いたことはないと。

突然、空中に漂う金色の塵の記憶がひらめいた。リズミカルなせわしない鼓動が聞こえるたびに、それはかれの意識のなかで震えた。

塵、鼓動、ヴィジョン、影……そして、あの声！

「人間の心の視野ほど不条理なものはない」エリックはうつろな声で無意識にいう。

「またしてもスローガンか！」と、インガル・コポックは憤慨し、「だが、わたしの問いに対する答えではない」

「でも、筋道が通っているように聞こえるわ」シャレイが口をはさむ。「かれがまだ低い進化段階で予感できた真理にくらべたら、人間の心の視野なんて、必然的に不条理にならざるをえない」

「いまは哲学を問題にしているわけじゃない」インガルが嚙みつく。「かれは似たようなフレーズで、われわれをばかにしてきた。それがどうして成功したのか、わたしにはさっぱりわからない」

「カリスマ性よ」と、シャレイが低い声でいう。

インガルは笑いだし、それから悪態をついた。

「たしかにそうだ。救いようもなく精神をやられた者には、ほんものの天才同様のカリスマ性がある。それを区別できるのは真の賢者だけだ。いずれにせよ、われわれは賢者ではないし、かつてあったエリックのカリスマ性も、いつのまにか消え去った。ともかく、かれはもはやわたしの理性を煙に巻くことはできない」

かれはエリックを引きよせ、線状に照らしだされた床へと勢いよく押しやる。

「前へ行け！」

エリックはよろめきながら歩く。逆らおうとはしない。

「なにをしようというの？」と、シャレイ。

「この奇妙な輸送機の大型キャビンのひとつに数千人が集まっている」インガルが怒ったようにいう。「みな絶望し、とほうにくれている。エリックはかれらに、これからどうなるのかをいうべきだ……さもなければ、犯罪的行為に対する償いをしてもらう」

3　絶望した者たち

三名のクォウォックはアルマダ第二〇九九部隊の旗艦、巨大なる《九九九九クオ》に集まった。司令官である十一クオのジョー、首席遺伝学者である九クオのシン、首席サイバネティィカーである九クオのベンだ。

秘密厳守での集まりである。会議室はエレクトロン性バリアが十重に張られ、さらに直前に特務探知コマンドがチェックした。

十一クオのジョーは探知コマンドの最後の一名の背後で保安ハッチが閉じるのを待ち、はちきれんばかりに膨らんだウォック……全高二メートルほどの円錐形の胴体前面にある器官袋……のなかから複眼のような目をひとつくりだし、胴体の上端に吸いつかせた。つまり、むらさき色に輝く球、アルマダ炎の、二十センチメートル下のところに。

目につづき、器官袋の上半分に入っている発話器官ひとつと、一本だけのひらべったい〝筋肉足〟のすぐ上にある聴覚器官ふたつがくりだされた。

九クオのシンと九クオのベンがそれにならったあと、十一クオのジョーは話しはじめる。

「大変つらいが、いわなければならないことがある。わたしの代行全員が、睡眠段階に入るまでに問題を先送りしていたのだが。しかし、それをまたかくしたとしても、わたしがふたたび睡眠ブイに入っているあいだに、アルマダ中枢は、われわれの数が減少しつづけていることに気づくだろう」

そこで間をとり、ほぼ同年齢の会話相手二名を仔細(しさい)に観察してから、話をつづける。

「わたし自身はまだ正確に自分の成熟期をおぼえている。わたしの世代のクオウォックたちが平均でほぼ三十の分子鎖をとりだし、そのなかの十から二十が第一段階に成長、さらにそのうち二ないし三がクオウォックとして完成したこともおぼえている。

次の世代はクオウォック一体あたり、平均で十二の分子鎖しかとりだせなくなり、それが変態していくうちに、たいていは完成したクオウォックになるのが一体だけ、あるいはまったくいないこともあった。

そして、この一年あまりでは、成熟期にあるクオウォックでひとつの完全な分子鎖をとりだせた者はおらず、たった一体のクオウォックも完成しなかった。われわれ、後続の世代を期待できないということ。これはクオウォック種族の絶滅を意味する。われわれ、近いうちにアルマダ部隊を維持できなくなる……そしてわれらが種族は、トリイクル9をもとどおりにすることに関与できなくなる」

会話相手が出していた器官を器官袋にもどしたとき、かれは怒って黙りこんだ。それからいった。

「コミュニケーション器官を袋に見えなくしても意味はない。それで問題が容易に解決できるようになるわけではないのだから」

九クォのシンと九クォのベンは、目と淡紅色の発話器官と聴覚器官をふたたび出し、それらを青い真皮でおおわれたからだに固定した。

「この問題は解決できません」サイバネティカーが甲高い声でいう。「われわれの遺伝的問題に、いつかわからないあいだに組みこまれた誤りを、正すことはできないでしょう。それとも、シン、きみが解決策を呈示できるというのか？」

遺伝学者は複眼を閉じ、それから、ためらいがちにふたたび開け、

「重大な結果を招くことになる誤りにわたしが関与したと、とがめたいのか、ベン？」

と、用心深くいう。

「その誤りを組みこんだのは、きみたち遺伝学者だった」と、サイバネティカー。

「そのとおりだ」司令官が口をはさむ。「しかし、それは、シンが最後の変態を遂げて完全なクオウォックになる前の世代で生じたこと。それゆえ、かれにはなんの責任もない。それでもなお、わたしは聞きたいのだ、シン。人工的につくられた分子鎖を発育させてクオウォックを完成させようとしたきみの試みがどうなっているのか」

九クオのシンはいらいらと一対の淡紅色の手を器官袋から出し、真皮をなでながら、「第二段階の複雑な変態のさいにすべて失敗しました」と、打ちひしがれて報告する。

「サイバネティィカーの計算がまちがっていたのでしょう」

「われわれの計算は、遺伝学者の不完全なデータ資料に対して許される程度には正確だ！」サイバネティィカーが憤慨する。

「争いは望まない！」司令官がいう。「遺伝学者とサイバネティィカーの全員が、最善を期して持てる情報と能力を投入したのは疑いない。それにもかかわらず不充分な成果しかあがらないのなら、それは、われわれが進化の現時点でまだ遺伝学上の法則すべてを認識できていないせいだ」

「無限アルマダには、われわれよりもずっと先の進化段階にある種族がいるにちがいありません」と、サイバネティィカー。「アルマダ中枢にたのんで情報を要請すれば……」

「そのような話は聞きたくない！」十一クオのジョーがきびしくいいはなつ。「他種族の情報がわれわれの問題解決に寄与すると信じている者が、サイバネティィカーのなかに数名いるのは承知しているが、それはありえない。それらの情報は他種族の遺伝的データに関してのことだから。情報があっても、われわれの遺伝学者はなにもはじめられない。そのうえ、そのような要請をすれば、アルマダ中枢に、わがアルマダ部隊の価値に疑いをいだかせることになりかねない」

いう。

「では、われわれ種族の運命は確定しましたね」と、九クオのベンがあきらめたように
「解剖学的見地、メタボリズム、メンタリティにおいて、われわれに似た生物の遺伝子が手に入れば……」と、遺伝学者が考えこむ。

「それもアルマダ中枢の許可がないと可能にならない」と、司令官は答え、「それはわれわれ種族に対する、相応にネガティヴな評価をともなう」

「自前の調査隊を派遣し、遺伝学的に類似する種族を探し、しかるべき遺伝子を手に入れれば？」と、サイバネティカー。

「遺伝学的に類似する種族など存在しない」遺伝学者が異議をはさむ。「その点では、無限アルマダのどの種族もほかとはちがっている」

「だったら、われわれ種族のものではない遺伝子があったとして、きみたち遺伝学者はなにをはじめられる？」と、サイバネティカー。

「それをもとに、われわれクオウォックとできるだけ似た異人が生じるように操作し、かれらが自分たちをクオウォックだと感じるように育ててあげる」と、遺伝学者が解説する。「そうすれば、われわれのアルマダ部隊はかれらの子孫で満たされるだろう。その結果、われわれクオウォックは、すくなくとも見た目は引きつづき無限アルマダのメンバーでありつづける」

「あきれたな！」サイバネティカーが大声でいう。「きみは、われわれのアルマダ部隊を異人にゆだねるのか！　なんと恐ろしい！」

「だが、なんとかするしかない」と、司令官。「われわれがいまからでも救うことができるのは、無限アルマダの歴史書にクオウォックの名前が記載されることだ。われわれの種族そのものではなく」

「しかし、時間がたりません」と、遺伝学者。「遺伝子から遺伝学的プログラミングが完成して子孫が生まれる前に、クオウォックは絶滅するでしょう」

「だったら、完成した後継者を手に入れなければならない」と、司令官が決定する。

会話相手たちの目がかれのほうに向く。

すこし間をおいて、遺伝学者がいう。

「あなたはわれわれより聡明です、ジョー。なぜなら、十一のクオを発達させたから。われわれ二名が、それぞれ九つしか発達させられなかったのに。それにもかかわらず、わたしにはあなたの計画が実現するとは思えません。われわれに数名の若い個体をゆだねてくれる種族が見つかったとしても、役にはたたないでしょう。その種族は、若い個体がもとの種族のままであることに固執するかもしれません。そして、われわれ真のクオウォックが死にたえたとたん、クオウォックのアルマダ部隊を自分たちの部隊だと主張するでしょう」

「かれらが、われわれの部隊のポジションを知っていればな」と、司令官が答える。

「それはアルマダ中枢に照会すればすむこと」と、サイバネティカーが口をはさむ。

「それも、かれらがわれわれ種族の名前を知っていればの話だ」司令官がきっぱりいう。

「しかし、こちらの種族の名前を名乗らないと、だれもわれわれと交渉しませんよ」と、遺伝学者がいう。

「われわれ、交渉してはいけないのだ」司令官が意味ありげにいう。「若い個体を、気づかれぬように連れてこなければならない」

「まさか……誘拐？」と、サイバネティカー。

「なるほど！」遺伝学者が大声でいうが、すぐに意気消沈して、「いいアイデアですが、実行はできません、ジョー。われわれ、そのような種族を知らないのだから」

「しかし、そのような種族が見つかる場所はあるぞ……それがアルマダ種族であればだが」と、司令官がいう。「すべてのアルマディストが生涯に一度は行くところだ」

「永遠のウォックにかけて！」と、遺伝学者が口に出す。「アルマダ印章船のことをいっているのでは？」

「そういうことだ」

サイバネティカーは手を出し、それで複眼をつつみこみ、

「エオンディク・トゥー！」と、うめくようにいう。「宇宙の塵からできた冠をいただ

く聖なるクォよ！　その不可侵性に触れる者は、永劫の罰を受けますぞ」

「われわれ、エオンディク・トゥーに入る必要はない」と、司令官がいう。「われわれと類似性を持つ種族の若い個体数名がアルマダ炎を受けとったのち、そこを去るのを、ただ待ちさえすればいいのだ。その後、かれらを無理やり連れてくる」

「アルマダ中枢が黙認するとでも？」すこししてから遺伝学者がいう。「この計画がもう知られているかもしれません。つまり、アルマダ中枢はなんでも知っているから」

「アルマダ中枢の責任者たちにとっては、無限アルマダの存続と任務の実現だけが意味を持つ」と、司令官が答える。「わたしは、他種族の歴史的出来ごとに関する、前司令官の記録を研究した。そこからわかったのは、アルマダ中枢が、任務の実現に打ちこんだすべての種族に対して非常に寛大だということ。われわれクオウォックはつねにそうしてきたし、今後もそうするつもりだ。他種族の若い個体数名の誘拐はまさにこの目的のためであり、かれらの存続を脅かすほどのことではない」

「もう計画ができあがっているように聞こえますが、ジョー」と、遺伝学者がいう。

「この方向でのアイデアはある」と、司令官は認める。「きみの考えを聞いて、最終的にその気になったのだ、シン」

サイバネティカーは目をおおっていた手をとり、

「アルマダ中枢がわれわれの意図を知ったとしても、そこからエオンディク・トゥーへの警告がなんらおこなわれないと考えているのですか？」

「われわれがアルマダ印章船の不可侵性を守っていれば、まずないと思う」と、司令官が答える。「計画を実行するなら、大いなる思慮と大胆さを発揮することだ！　そうすれば、アルマダ中枢は、わがアルマダ部隊を、思慮深さと大胆さが問われる特別に危険な任務に出動させる決心をするかもしれない！」

「そうなれば、たとえ絶滅しても、わが種族は永遠の名声を獲得します」遺伝学者は感激する。

「そういうことなら、わたしは懸念をとりさげましょう」サイバネティカーがきっぱりという。

「きみたちに感謝する」司令官はおごそかに、「詳細を話し合い、それから船を飾り、大いなる旅へ出発しよう！」

4 裁判

未知輸送機の巨大なキャビンやシャフトを抜けていく途上、何度も、無限アルマダの奇妙なロボットに遭遇した。

マシンは単独で、あるいは隊列を組んであちこち浮遊し、ときおりレバーを操作し、機材を運搬したり、あるいは特別な理由もなく……かれらのために考え計画された集団意識にアリのようにしたがいながら……動いているように思われた。

エリック・ウェイデンバーンと同行者は、ひとりで、あるいはグループで機内をさまようほかの人々にもしょっちゅう遭遇した。うつろな目で見つめる者も、かれらにくわわる者もいた。そういう者たちの数人が、輸送機での発見を報告した。

それらをまとめると、この輸送機はテラナーがイメージするちゃんとした宇宙船ではなく、独自のエンジン・システムと制御装置を持つ、大小多数のエレメントで構成されていると推測できた。

これらのエレメントはアルマダ牽引機あるいはグーン・ブロックと呼ばれ、通常、無限アルマダ内に存在する無数の異なるタイプの艦すべてのためのエンジン・システムとして役だっている。

しかし、それはたまたま得られた情報にすぎない。出会った人々のほとんどはそんなことには関心がなく、今後どうなるのかを知りたがった。多くの人々はウェイデンバーン同様に打ちひしがれていた。しかし、怒っている者も多数いたし、憎しみや攻撃的態度をしめす者たちもいた。ウェイデンバーンはしょっちゅう、ののしりの言葉を聞かされ、蹴られたり小突かれたりすることもあった。しかし、かれを最悪の事態から守ろうとする思慮深い男女もいた。

エリック・ウェイデンバーンが、インガル・コポックのいっていた部屋に着いたとき、同行者の男女は数百人にもなっていた。そして、縦八百メートル以上、横四百メートルはある部屋では、数千人もの人々が待ち受け、興奮した声でどよめいていた。

インガルとほかに数人の男女が、ウェイデンバーンとともに空の金属製コンテナを重ねてつくった山によじのぼる。インガルは数分間、混沌といりみだれた騒がしい声をしずめようとしたが、むだだった。一方、いくつかのヘルメット投光器がエリックを照らしだす。

自分たちの前にだれがいるのかを人々が理解するにつれ、しだいに多くのグループが黙り……ついには、完全な静けさがもどった。

　インガルは声がかすれるほどわめいたので、思いきり咳ばらいした。それから、明るく照らされたエリックを告発するようにさししめしながら、大声でいう。

「ここに、この状況をわれわれにもたらした男が立っている。われわれが今後どうなるのかを問うことができるよう、わたしはかれをここに連れてきた。いまやだれもが、かれが約束したスタックへの途上にわれわれがいないことを理解しているだろう」

「かれはわれわれに答えるべきよ。そもそもスタックのようなものがあるのか、それとも嘘をいったのかを！」女がひとり、群衆のなかから叫んだ。

　おびただしい声が勝手に要求を叫ぶので、もはやだれも聞きとれなかった。

　七十歳ほどの太った男がまわりの人々をかきわけて進み、コンテナの山によじのぼる。男は両腕をあげて、静寂がもどるまで待ち、それから大声で、

「なにがしかの秩序をたもたないと、われわれ、なにも達成できない。わたしはロゴスク・デュブルという者で、艦隊テンダー《アルベリッチ》の余暇プランナーだった。なにかいいたい者は発言の意思表示をし、自己紹介すべきだ」

「最初に名乗りをあげたのはわたしよ！」スタックのようなものがあるのかどうかを質問した女が叫ぶ。

「きみに発言権がある！」と、ロゴスクが叫ぶ。「みんな、彼女を通してやれ！　さ、こちらへ！」

ほどなく、女がかれのそばに立つ。黒髪を束ね、怒りで輝く目をした、彫りの深い顔の百二十歳ほどの瘦身の女性だ。

「わたしはアゴラ・シュテルンシュタインといい、星雲級の大型宇宙船《クロファンタス》でダイエット・プログラムを作成していた。エリック・ウェイデンバーンにいったわたしの要求をくりかえすわ。そもそもスタックのようなものがあるのか、それとも嘘をついたのかを、答えるべきだと！」

「質問を聞いたな、エリック」と、ロゴスク。「答えるんだ！」

エリックはしかめっつらをしてかれを見つめる。女の質問に対する答えをまとめようとするが、集中できない。

「スタックはあるのか？」と、インガルがきく。

エリックはうなずく。

「かれはうなずいた」と、ロゴスクが確認していう。

「それだけでは納得できないわ」アゴラが答える。

「わたしもだ！」群衆のなかのだれかが叫び、賛同のざわめきがあがる。

「エリックにかまうな！」と、べつの声が叫ぶ。「かれが茫然としているのがわからないのか？　われわれが収容されたことに対しては、かれになんの責任もない」

「かれは、われわれをスタックへ連れていくと約束したんだ！」と、さらなる声が叫ぶ。

「われわれ全員が、かれはほんとうのことをいっていると感じていた」と、べつの大声がいう。「われわれは、スタックの近くまできていた」

しかし、理性の声はやじり倒された。ロゴスクはふたたび聞いてもらえるようになったとき、暗い感じの、ルディル・ケイレブと名乗る《ツナミ3》の格納庫主任だった男に発言権をあたえた。

「エリック・ウェイデンバーンがわれわれに答えるつもりがないのは明らかだ」と、ルディルはきっぱりいう。「なぜだと思う？　わたしが思うに、われわれをあざむいたという真実をいいたくないからだ」

足を踏みならす音と耳をつんざくような鋭い口笛が、多数の同意を表現していた。

ルディルはこぶしで自分の胸をたたき、

「それゆえ、わたしは提案する。エリック・ウェイデンバーンを、かれがおかした犯罪で罰することを……さらに、諸重罪に見合った唯一の刑に諸君が同意することを要求する。つまり、死刑だ！」

賛成を叫ぶ声があがるが、ごく少数だ。ほとんどの宙航士は、大昔の野蛮な時代の刑罰への言及にショックを受け、驚いて黙っている。

ルディルはシニカルに笑い、

「いったい諸君はなにを考えているのか。死刑以外のいかなる刑がこの状況で可能だというのか？」と、叫ぶ。「たとえば精神改造か？ それとも集団療法か？ そんなものすべて不可能だ。では、ウェイデンバーンを無罪放免しろというのか？」

「それはない！」だれかが叫ぶ。「エアロックから突き落とせ！」

「野蛮だわ！」女性が叫ぶ。「かれ自身、自分がいったことを信じていたのよ」

「そうなのか？」と、ロゴスクはエリックのほうを向く。

「永遠の一部を……わたしは見たのだ」エリックは口ごもる。「だが、われわれは早く行動しすぎた。われわれは敗北した」

一女性がコンテナの山のほうへ突き進んできて、

「発言をもとめます！」と、大声でいい、つけくわえる。「わたしの名前はベア・ヴァン・ローレン、《ソル》の再生技師でした。議論を進める前に、心理学者が数人ここにいるなら、エリックを診断することを提案します。かれはひどいショックを受けていて、そのせいで、われわれになにかをいうことができていません」

「そういうふりをしているだけだ」ルディル・ケイレブが叫ぶ。「かれを捕まえて、船からほうりだすんだ！」

ルディルはコンテナの山のそばまできて、憎しみにゆがんだ表情の男女数人に合図を送る。かれらは、もはや正しいこととまちがったことの区別ができなくなっていた。

ベアは身をかがめ、セラン防護服の脚のポケットを探る。からだを起こしたときには、手に小型パラライザーを持っていた。

驚愕して、まわりの人々があとずさる。ルディルはベルトのホルスターに手をやったが、顔面蒼白になる。もちろん、アルマダ作業工はすべての捕虜を武装解除していた。ベアのパラライザーは目にとまらなかったのだ。ちいさいうえに、かくしていたから。

ベアはちょっとためらったが、発射する。

ルディルと、エリックを捕まえようとしていた男女は麻痺してくずおれる。

ベアは、コンテナの山の上にいる男女全員……エリック・ウェイデンバーン以外……が、麻痺するまで撃ちつづける。それから、エリックの手を握り、背後に引きよせ、コンテナと壁のあいだの空間にいっしょに跳びおり、せまいハッチを抜けて逃走した。

*

エリックはされるがままに引っ張られていく。ベアは一通廊を抜け、かれを反重力シャフトに引きずりこむ。ふたりの背後で、多数の怒りと失望の声が響いた。

「アルマダ作業工の保護下に入らないと！」ベアはエリックに小声でいう。「コンテナにいるほかの人々を阻止できても、すぐに、かれらは障害を除去し、わたしたちを追跡するでしょう」

エリックは、考えをめぐらせるように五十歳くらいの女を見つめ、はっきりいう。

「すべてなんの意味もない。わたしはこれ以上、生きていたくはない」スタックはわたしたちの使命よ。

「よくわかるわ。でも、スタック捜索はつづけなければならない。わたしはいつもそう感じていたし、いまも感じている」

「わたしはもうなにも感じられない」と、エリック。

「それは失望によるショックのためよ」ベアは反重力シャフトの次の出口へ目をやる。「あそこで降りなければ！ ショックがおさまれば、また感じられるようになるわ。おお、人間が集まると、なんと汚く卑劣になれるのかしら！ わたしはいつも、人間は文明化していると考えていたのに」

彼女はエリックを出口から引っ張りだし、通廊へと押しやり、すすり泣く。そのとき、背後のシャフトから大声がとどろく。

「急いで、急ぐのよ！」

ふたりはべつの反重力シャフトを使い、こんどは、ちいさな制御室に着いた。壁に制御盤やディスプレイがあり、上方にはレンズ状の透明ドームがある。とはいえ、ドームごしに見えるのは宇宙空間ではなく、輸送機につながっている一グーン・ブロックの底面だ。

ベアは必死であたりを見……自分たちの背後に一アルマダ作業工が浮遊しているのを見つけ、ほっとする。

彼女はトランスレーターのスイッチを入れ、

「わたしたち、助けを必要としている。この人は追われていて、きわめて危険な状況にあるの」

アルマダ作業工は工具と武器が装備されたアームを出し、ベアからパラライザーをとりあげると、浮遊していってしまう。

「わたしたちを見殺しにしないで！」と、彼女は背後から叫ぶ。

「もう行ってくれ！」と、エリックがいう。「さもないと、きみまで殺される」

「だめよ、いっしょに逃げるのよ！」と、ベアがいきりたつ。

彼女はふたたびエリックを引っ張って制御室から出ると、まっすぐな通廊を抜け、いまいるグーン・ブロックとその上のグーン・ブロックを結ぶシャフトに入る。背後で、ホールや通廊を走る何百もの足音が響く。

いつのまにかエリックに、すこしではあるが気力がわいていた。顔に赤みがさし、呼吸が力強くなり、目に輝きがもどってきている。

ベアの絶望感は弱まった。これまで保護してきた者が、もうパッシヴに逃走に関与しているのではなく、みずから走り、分岐点の出現に注意しているとわかったのだ。ふたりはそれにより、はるかに速く進めた。

しかし、追跡者のざわめきはほんのわずかしかちいさくならない。それゆえ、ベアは、遭遇するすべてのアルマダ作業工に助けをもとめた。が、ロボットたちは反応しなかった。かれらには、捕虜がなにをしようがどうでもいいようだった。

さらに逃亡がつづく。ベアとエリックが大きな部屋に着き、急いでそこを通り抜けようとしたちょうどそのとき、反対側のハッチが開き、一群の追跡者がどっと出てきた。ふたりは踵(きびす)を返したが、背後からの追跡者も迫っていた。短い乱闘のすえ、追跡者はベアを押しのけ、エリックをとりおさえる。

「近くのエアロックからエリックをほうりだそう！」と、数人の声が叫ぶ。

「その前に、セラン防護服を脱がせるのだ！」と、べつの声が要求する。

エリックは、引っ張られたり、突かれたりしても、抵抗しなかった……

5 救助者

ジェルシゲール・アンは乗りこんだ小型アルマダ牽引機の武器庫からブラスターをとると、乗り物を《ゴロ＝オ＝ソク》に係留し、輸送機内に移乗していた。

まだ、どのように行動するか、輪郭のはっきりした計画を持っているわけではない。そこで、周辺部の、けっしてアルマダ作業工が足を踏み入れないような人気（ひとけ）のない通廊を移動する。ときおり、通りすぎるシャフト出入口から異様な物音が響いてくる。足音も聞こえた。

しだいに好奇心が目ざめる。未知宙航士たちは、囚（とら）われの状態をどのように受け入れたのだろうか。逃亡計画を練ったり、あるいは輸送機の乗っ取りすらもくろんでいるのかもしれない。だが結局、かれらは自由意志で、アルマダ作業工の介入を無気力に受け入れた。

よるべなく……だが、丸腰ではなかった。

アンは、アルマダ作業工がかれらを武装解除したときの報告をおぼえている。かれらは高性能のコンビ銃を持っていたのだ。それにもかかわらず、ロボットに対して抵抗しなかった。

かれらは極端に平和を好む種族の出ではない。かれらの船団がしっかりと武装しているという探知結果がそのことをしめしている。計算では、船団を包囲した四アルマダ部隊がかれらを攻撃した場合、完全に殲滅（せんめつ）するまでに、すくなくとも一万五千隻の自船が失われるだろう。

それに、睡眠ブイ〝グリドルルウド〟の覚醒夢想者および、故障したとみなされグリド工廠に曳航された未知球型艦に関する、突発的な出来ごとがあった。覚醒夢想者が引き起こしたカオスのせいで、睡眠ブイがグリド工廠に衝突したとき、未知艦の宙航士たちはきわめて迅速に行動した。かれらは状況をただちに正しく判断し、睡眠ブイの責任者マルダレル・フォクとその仕事仲間を覚醒夢想者から救ったのだった。

そのことを考えれば考えるほど、十万人の捕虜は大きな危険ではないかというアンの疑念はますます強まる。捕虜たちが球型艦の少数の宙航士と同じように決然と行動すれば、《ゴロ＝オ＝ソク》を支配下におくだけではなく、場合によっては、アルマダ中枢の近くで大損害をもたらす恐れもある。

アンは異人たちを観察しようと決心した。そうすれば、その行動からかれらの計画を推測できるだろう。かれは輸送機の周辺部をはなれ、グーン・ブロックのほうへより深く慎重に入っていった。そのさい、アルマダ作業工の〝おきまりの〟コースは避ける。ロボットは通信でやりとりしているので、一体に発見されれば、ほかにもすぐに知れわたることになるのがわかっていたから。

最初の異人のグループを発見したとき、アンは見られないところにかくれ、一時間ほど観察した。かれらの行動は謎だった。気力を失い、ふさぎこんでいるように見えた。かれらの言語にプログラミングしたトランスレーターを持ってこなかったことを残念に思う。持っていれば、数すくない会話を盗み聞きすることができたのだが。

結局、かれは失望して先に進んだ。

三時間後、反重力シャフトから、さわがしい声が聞こえてきた。アンは出入口に頭を突っこむ。弱く照明されたシャフトのなかをかなり大勢の者が上昇してくるのが見えた。大声でいきりたって話していたので、アンはかれらが興奮しているのだと推測した。立っていた通廊の薄暗がりに音をたてずにしりぞき、しずかにして、グループを通過させる。先頭に立った異人ふたりが三人めの男の腕をつかんでいるのを確認した。

アンは好奇心にかられ、適当な距離をあけて、発見されないように注意しながら、あとを追う。異人たちは四デッキ上で降り、そのあとは通廊とシャフトを移動する。ますます輸送機の周辺部に近づいていることに気づき、アンは不思議に思った。途中、ほかの者たちもくわわり……話しているときのしぐさから、アンはまもなく、かれらが捕虜仲間の男に対してなにかたくらんでいるのを予想した。男はひょっとしたら、かれらの計画に同意していないのか? かれらは、男が自分たちをアルマダ作業工にひそかに売りわたすのではないかと恐れているのか?

ジェルシゲール・アンは用心しながら間隔を詰める。自分がどう行動すべきなのかまだわからないが、異人のしぐさからもっと多くを探りだしたい。

予期せぬ偶然がかれの助けになった。

まず、アルマダ作業工が二体あらわれた。異人たちがちょうど入りこもうとしていた通廊からやってくる。異人たちはあとずさるが、ロボットたちはかれらのことを気にせず、ぶんぶん音を響かせながらアンのほうへ浮遊してくる。

シグリド人はコミュニケーション端末のあるアルコーヴのなかにへばりつき、パラライザーの安全装置を解除する。アルマダ作業工の高感度センサーから逃れるのを期待することはできないし、自分をそっとしておいてはくれないだろう。となると、両ロボットを無害化しなければならない。それも、二体が〝同僚〟に警告を発する前に、すばやくかたづけなければ。

そのとき、ひとりの異人宙航士があらわれた。右目の上の裂創から血を流しながら、アルマダ作業工に向かって走りよる。

「助けてくれ!」そうロボットたちに、トランスレーターを介してアルマダ共通語でいうのが聞こえた。「かれらはエリックを輸送機から突き落とすつもりだ。おまえたちはそれを阻止しなければならない。かれらは、自分たちがなにをしているのか、もうわかっていない。エリックにスタックへ連れていってもらえなかったので、絶望している」

アンは感電させられたように驚く。スタックという言葉を、生涯ではじめて聞いたにもかかわらず、ここでなにかの秘密に触れたのだと直感した。

アルマダ作業工二体は異人をかわし、決められたコースを進む。異人は二体のあとを追い、すがりつこうとし、くりかえしエリック殺しを阻止するよう懇願する。

アンは同情しながらまばたきする。もちろん、ロボットは捕虜の問題など気にかけない。この点に関して、指示を受けていないのだから。

いずれにせよ、ロボットたちは、宙航士の猛追によって気をそらされ、アンに気づかなかった。

ロボットが姿を消すと、アンはアルコーヴを出て、ふたたび異人のグループに近づくために急いだ。頭では、どうやれば異人に関するもっと多くの情報が手に入り、同時に不当な死刑の執行を阻(はば)むことができるかという計画を練っていた。

異人たちに追いついたのは、かれらが外縁部のエアロックに到着したときだ。異人のひとりが内側ハッチを開けた。その仲間ふたりがエリックと思われる異人をつかんでいる。ふたりがかれのからだから宇宙服をはぎとろうとしているのは明らかだ。

ジェルシゲール・アンは怒りのうなり声を発しながらブラスターを抜き、集団の頭上めがけて発射する。

異人たちは床に伏せる。エリックだけが立ったままだった。

アンはゆらゆらとした足どりでかれに歩みより、腕をつかみ、引きよせる。

異人三人が跳び起き、突進してくる。不快げにアンはかれらを片手で妨げた。軽くあたっただけだったが、攻撃者たちは数メートル空中を飛び、気絶したように横たわった。かれらは肉体的には五歳児のシグリド人より強くはないのかもしれない。

ほかの異人たちもそのことを認識したらしく、ふたたび起きあがったが、恐れるように距離をたもっていた。それでもアンは立ったままではおらず、エリックを引っ張って、通廊の次の分岐点に逃げこむ。十人あるいはそれ以上の異人に同時に突進されれば、自分の肉体的優位はなんの役にもたたないとわかっていた……それに、かれらを武器で殺したくはなかった。

エリックを連れて角を曲がる前に、警告するため、かれらの足の前に三秒間だけ連続発射した。それから、エリックを無理矢理に引きずって駆けだす。ある程度のリードをとっておきたかったから。

こうしておけば、もう追いつかれることはないだろう。なぜなら、かれは輸送機の奥のことなら、自分の宇宙服のポケットのなかと同じくらいよく知っているのだ。

6 出発

司令官である十一クオのジョーは、クオウォック艦隊のための養子を手に入れるべくエオンディク・トゥーへ飛ぶことになっている船の、司令室のアリーナ状の床のまんなかに立っていた。

《フェンリク・ゴルーン》は数日にわたる作業の結果、外見上はミッションのための準備ができていた。全長千二百メートルの台形の宇宙船で、メタリックに輝く紺色の外殻の下側には器官袋に似た突出部があり、数千本もの巨大なザイルがとりつけてある。それらは分子鎖を象徴していた。成熟期にあるクオウォックから分子鎖がとりだされ、何段階もの複雑な変態をへて、この船においてクオウォックが完成することの象徴である……完成したクオウォックは、やはり《フェンリク・ゴルーン》で印章船に連れていかれ、そこでアルマダ炎を授かるのだ。

いずれにせよ、クオウォックがまだ後続の世代を得ていたころはそうだった。

だが今回、《フェンリク・ゴルーン》の変態房にはたった一体の〝前段階クオウォック”もいない。房は改造され、そこに重武装の宙航士……ここ数日来、訓練と演習で出動にそなえ、トレーニングさせられていた……が配置されている。

十一クォのジョーは、この場にいるほかの者たちの視線が自分に注がれているのを感じ、器官袋のすぐ裏にある脳に物理的圧迫を受けたように、責任の重圧を感じた。ためらいがちに器官袋上部の割れ目を開き、パラプシオン・センサーを制御する。それから、皮膚の割れ目をふたたび閉じた。

パラプシオン・センサーは、睡眠ブイで休息中のジョーの代行たちも持っている、十一番めの外部器官である。この器官を発達させた者はだれでも、傑出した遺伝子原基の持ち主として、クオウォック艦の指揮をとる資格を有する。論理的だ。クオウォックの序列は遺伝子原基の質にしたがわなければならず……それは外部器官の数でわかる。しかし、生涯ではじめて、十一クォのジョーのなかにこの論理へのかすかな疑念が生じた。

遺伝子原基の質をできるかぎり強化したいと欲し、つねにあらたな外部器官を呈示してそれを証明することは、よりよい遺伝子プログラムをくりかえしもとめることに寄与しないのではないか？　最適に達成されうる十一の外部器官で満足せず、遺伝子実験によって十二あるいは十三の外部器官まで手に入れようとするのは、冒瀆的では？　こうした過程のなかで、いつしか遺伝子基本プログラムのなかに、長期的影響として、すべてのクオウォックを不妊にする恐ろしい誤りが入りこんだにちがいない。

十一クオのジョーは、パラプシオン・センサーを使って、司令室にいるほかのクオウォックの精神的傾向をうかがった。そこには、かれが感じているような自虐的な思考はない。感じられたのは不安と恐れ……それと、熱烈な希望だ。希望の中心にいるのは、かれ、十一クオである。

クオウォック種族のなかでは、十一クオは絶対にまちがいをおかさないとみなされているし、そうでなければならない。さもなくば、これまで巨大なアルマダ部隊の司令官たちは、どうやって艦隊を永遠に結束させ、目標コースにたもつことができたというのか！

だが、ある十一クオがかつて、重大な結果を招くような遺伝子実験を許可したのだ。そのために、いまや十一クオのジョーは、すくなくとも種族の名前だけでも救わなければという絶望的行動をくわだてることを強いられている。

かれは正しい決断をしたのかどうか自問し、ほかに選択肢がなかったのだから、こうするしかなかったのだという答えにいたった。作戦が成功するか……あるいは、種族の名前が無限アルマダの歴史書から消されるかのどちらかだ。

十一クオのジョーは奮起し、

「八クオのタン、《フェンリク・ゴルーン》の出発準備はできているか？」と、船長のほうを向く。

「できています、十一クオのジョー」と、八クオのタンが答える。

「出発だ」と、司令官は命じた。

コンピュータ制御でしめされる船の周囲のようすがしだいに変わっていくのを、立ったまま観察する。アルマダ第二〇九九部隊を構成する三万七千隻の艦が《フェンリク・ゴルーン》の背後にゆっくりと後退していく。と同時に、ほかのアルマダ部隊の無数のリフレックスの凝集体が船に襲いかかってくるように見えた。

「われわれ、コースに乗りました、十一クオのジョー」と、船長がいう。

7　かすかな希望

ジェルシゲール・アンは、追跡者たちを振りきったと確信して立ちどまった。異人宙航士はくずおれる。

アンはかれを気の毒そうに見おろした。いまようやく、肉体的に弱い異人の体質をまったく考慮しなかったことに気づく。

ゆっくりとかれの前にしゃがみ、すべすべした皮膚の顔を仔細に観察した。下半分は上半分より黒っぽいような印象がある。その理由は、鼻の下の皮膚から生えている毛のためだと、シグリド人は認識した。

アンの視線はさがり、異人の胸の前にプラスティックバンドで吊るされているちいさな箱のような装置にとまった。まちがいなくトランスレーターだ。

異人のため息を聞いたアンは、注意をふたたびかれの顔に向けた。目は開いている。淡青色の印象的な目だ。問いかけるようにこちらを見つめているように思われた。

アンはしばらく待つが、異人がイニシアティヴをとろうとしないので、トランスレーターを八本指の手でちょっと調べ、スイッチを入れた。

「わたしのいっていることがわかるか？」と、アルマダ共通語でいい、トランスレーターがかれの知らない言語に翻訳するのを聞く。

異人が頭を上下に動かし、いう。

「ああ、わかる」トランスレーターはそうアルマダ共通語に翻訳した。

「よかった！　きみは、エリックというのか？」

異人の目がすこし大きく開き、

「ああ。どうしてそれを？」

「さっき知ったのだ」と、アンは答え、「わたしはジェルシゲール・アンという。かんたんにアンと呼んでくれ！　どうして、きみは仲間に殺されそうになっていたんだ、エリック？」

異人は目を閉じ、

「かれらは絶望している。わたしがスタックに連れていくと約束したのに、無限アルマダの捕虜になってしまったから」

またしても、アンが感電させられたあの言葉だ。

スタック！

「スタックとは、なにか？」シグリド人はたずねた。

「スタックは存在しない」と、エリック。

アンは、冷水を浴びせられたような失望を感じながら、

「スタックは存在しない？」と、いぶかしげにくりかえし、「だが、では、なぜさっき、スタックに連れていくと仲間たちに約束したなどといったんだ？　ありもしないスタックにどうやって連れていけるというのだ？」

異人はまたもやため息をつき、

「わたしは、われわれがべつの存在形態に自然と移行するプシオン性フィールドの近くにきたと確信していた。そこに行けば、われわれは自分自身を理解できる。わたしはそう感じたし、内なる声もそれを告げていた。だが、その声がいつのまにか聞こえなくなったし、もはやスタックを感じない。わたしは思い違いをしていたのだ」

深紅の水疱状頭皮のあいだにあるアンの聴覚突起がぴくぴく動く。

「プシオン性フィールドだと？　ここの宇宙空間にか？」

「瓦礫フィールドの中心に」と、エリックが低い声でいう。「いずれにせよ、わたしはそう信じていたが、思い違いをしていたにちがいない」

アンの興奮が高まり、からだのすべての水疱が震えはじめた。立ちあがり、異人も立たせる。

「瓦礫フィールドの中心に！」と、かれの漏斗(ろうと)状の口から言葉がとどろく。「だが、そ

こにはトリイクル9がある！」

「トリイクル9？」

「そうだ！　神聖な場所だ。無限アルマダが何百万年も探しつづけたが、とうとう発見したときは、悪用され、損なわれていた！」と、アンが吐きだすようにいう。「異人によって悪用され、損なわれたのだ……その異人とは、おそらくきみたち、すなわち銀河系船団と名乗る宇宙船の小部隊！」

エリックは痛みのあまりうめく。なぜなら、シグリド人がかれを強くつかみ、揺すったから。

「わたしを殺すつもりか！」と、つぶやく。

ジェルシゲール・アンは手をゆるめ、

「悪かった。が、怒りに負けたのだ。わたしがどんな気持ちなのかわかるか？　無限アルマダは何百万年もトリイクル9を探しつづけ……ようやく見つけたときには、それは冒瀆され、識別不能なまでに損なわれていたのだ」

「銀河系船団はそれとはなんのかかわりもない」エリックはきっぱりという。「銀河系船団は、フロストルービンの封印をたしかめるためにここへきた。宇宙ハンザとＬＦＴの公式の表現でいうなら〝自転する虚無〟だが」

「自転する虚無？」アンは面食らいながらいう。「しかし、探知技術的にしめされたのは、まさにトリイクル9だ……いまの状態で、その真の姿が見抜かれなければ」

「その真の姿？」エリックの目が輝く。「わたしがなにを考えているかわかるか、アン？　フロストルービンとトリイクル9は同じものだ……ひどく悪用された結果、真の姿が損なわれたのだとすれば、それはスタックとも同一であるのかもしれない。わたしはそのことを仲間にいわなければ！」

アンは、異人が行こうとしているのに気づき、驚く。異人をしっかりと捕まえ、

「仲間？　きみを殺そうとした者たちだぞ！　そのことを忘れたのか、エリック？」

エリックは肩を落とし、

「たしかに、かれらはわたしのいうことなど信じないな」と、うなだれる。「しかし、きみなら信じてくれる、ちがうか？」

「きみがトリイクル9を神聖な場所として崇拝していることは信じる」と、シグリド人が答える。「きみがそれをべつの名前で呼ぼうが、なんの問題もない。トリイクル9はわれわれ共通の聖なる場所だ。それにより、われわれは同盟者になれる」

＊

エリック・ウェイデンバーンは、ジェルシゲール・アンと名乗った異人を、はじめてまじまじと見た。

ヒューマノイド的体型だが、人間よりずっと長身で幅がある。ただ、ヒューマノイドでないことは、頭部以外の露出している皮膚の性質からわかる。一見すると深紅の泡をまとっているようだ。もちろん、ちゃんと見れば、泡はかたく強靭なものであることがわかる。中央によったまるく黒い目は、深い眼窩のなかにある。ほぼ顔のまんなかにある突起物には切れ目がふたつあり、明らかに鼻だ。顔の下三分の一は前にせりだしていて、その形状から鉄床を連想させる。閉じることのできる漏斗状の開口部は発話器官だが、きっと食物摂取にも使うのだろう。頭蓋の上には、水疱状の膨らみのあいだから、多数の細い棒のようなものが突きでている。その機能はすぐにはわからない。

エリックはそうしたことすべてを一瞥で把握した。もちろん、アンをその外観で格づけしようと考えたわけではなく、友の姿を正確に記憶に刻もうと考えてのことだ。ジェルシゲール・アンは友である。それをしめす根拠は、助けてくれたことだけでなく、トリイクル9に関する発言にあった。それがエリックにあらたな希望と力をあたえたのだ。

なぜ自分は、無限アルマダが何百万年も探してきたものと自分たちの目標が同一であるかもしれないという考えにいたらなかったのか、不思議に思う。

われわれが同じものを探しているのは明白だ。結局、わたしは無限アルマダの人類最初の一員なのだ。したがって、わたしと無限アルマダの目標は一致するにちがいない。

スタック信奉者は全員、自己中心的だった。選ばれた者だけがスタックに到達するとかたくなに思いこんでいた。そうでなければ、スタックへの道は無限アルマダを経由しているにちがいないと、すぐに認識したはずだ。

エリックは自然な動作で、手袋のなかにかくされたアンの力強い八本指の手を両手で握り、

「われわれは友だ」と、純朴なまでに率直にいう。「われわれのスタックをともに敵の暴力から解放し、もとの輝きをとりもどそう」

「その言葉がオルドバンの聴覚突起に伝わるといいが……かれにそれがあれば！」と、アンは答える。「つまり、どうやったらトリイクル9をかつての状態にもどせるのかを知っているのは、オルドバンだけなのだ。残念ながらこれまで、アルマダ中枢からはそれへのなんの指示もない。そのかわり、きみたちの部隊を攻撃せよといってきた」

「われわれの部隊？」エリックはよくわからずにくりかえす。それから、驚いて、「銀河系船団のことか？　われわれ、それを阻止しなければ、アン！」

異人の奇妙な漏斗状の口から、大声が発せられた。

「われわれ？　われわれはなにも阻止できない、エリック。わたしは一アルマダ部隊の解任された司令官だ……そして、きみは捕虜で、わたしと同じく逃亡者だ。いったい、われわれになにができるというのだ？」

「きみは……逃亡者なのか？」エリックは驚いた。絶望的な気持ちになって、上を向く……そのとき、アンの頭蓋の上方二十センチメートルほどのところを浮遊している、むらさき色に光る球をはじめて意識的に見た。「それはなんなんだ？」

「え？」と、アンがいい、「きみは、逃亡者がなんなのか知らないのか？」

「そうじゃない、きみの頭上で輝いている球だよ」と、エリックはいい、アンの動きに連動するような奇妙な現象を、魅了されたように見る。

「これはわたしのアルマダ炎だ」ジェルシゲール・アンは答える。「アルマディストはみなアルマダ炎を持っている。これによって、無限アルマダのメンバーは、たがいにアルマディストだとわかるのだ」

「おお！」と、エリック。

「われわれにもできることがある」と、アンがいう。「インターカムに接続して、トリイクル9の近くはどういう状況になっているか、情報を得ようと試みることはできる」

「それしかないのか」エリックががっかりしたようにいう。

しかし、異人はそれには応じず、向きを変えると、行ってしまう。

この行動にエリックはすこし失望を感じたが、輸送機内で迷うわけにはいかないし、かつての信奉者たちの手に落ちたくないなら、アンにしたがうしかなかった。

アンを追いかけているとき、淡褐色の宇宙服の背中の部分に膨らみがあるのに気づいに似た多くの棒が突きでている……とはつながっていないように思われた。

しばらくして、ジェルシゲール・アンは通廊の壁のアルコーヴに入ると、宇宙服の外側ポケットからちいさな道具をとりだし、それで壁の表装の一部をはずした。エレクトロン構造があらわになった。アンは宇宙服のぶあつい襟の部分から透明なパンタグラフのようなものをとりだし、頭上にぴんと張って、そのセンサーが水疱のあいだに立つ棒状の突起に触れるようにした。

〝聴覚突起〟か！ エリックはアンが前に使った言葉を思いだした。

アンはパンタグラフをエレクトロン・エレメントの細いケーブルにつなぐと、しずかに立ち、聞き耳をたてているようだ。

半時間ほどが過ぎ、アンはふたたび接続をはずして、パンタグラフをもどし、アルコーヴの壁をもとどおり閉じた。それから、エリックのほうを向く。

「どうだ？」エリックは不安げにたずねる。

「まだ武器にものをいわせてはいない」と、アン。「アルマダ中枢にはためらいがあるようだ。さもなければ、とっくに戦闘指示が伝達されているはず。ひょっとしたら、考えが変わったのかもしれない。いずれにせよ、これが、わたしが通信網から傍受した第二の情報からの推測だ」

アンの黒い目が、エリックを分析するように見て、

「きみは捕虜たちの指導者なのだな、ちがうか？」

「そういえるかもしれない」と、エリック・ウェイデンバーンは答える。「つまり、リーダーのようなものだった。いずれにしろ、かれらはわたしの言葉に耳をかたむけた」

アンは、強い痛みがあるかのようにからだをよじった。漏斗状の口からうめき声が漏れる。

「わたしになにかできるか？」エリックは心配そうにたずねる。

返事はない。ようやく数分後、アンはふたたびからだをまっすぐに伸ばし、

「ただのリウマチだ」トランスレーターが翻訳する。「多くのシグリド人が苦しんでいる。だが、それはどうでもいい。重要なのは、アルマダ中枢から《ゴロ＝オ＝ソク》に、つまりわれわれが乗っているこの機にあらたな命令が出されたことだ。きみは数体のアルマダ作業工によってエオンディク・トゥーへ連れていかれることになった」

「わたしが？」と、エリック。無意識にあとずさり、「わたしが？　どこへ？」

「エオンディク・トゥーへ」と、アン。「ああ、わかったぞ！　きみのトランスレーターはこの語を翻訳できないのだな。なぜなら、太古の伝説にある固有名詞だから。公式な言語だと、エオンディク・トゥーではなく、アルマダ印章船だ」

「アルマダ印章船」エリックはくりかえし、蒼白になる。「そこでわたしはなにを？」

「黒の成就にかけて！」と、ジェルシゲール・アンが大声でいい、「アルマダ印章船でなにをするかだと？　そこに連れていかれるのは、たったひとつの目的しかない。つまり、アルマダ炎をあたえられ、アルマディストになるためだ」

エリック・ウェイデンバーンがこのことの意義を理解するのにしばらくかかり、それからよろこびの波がかれのなかに押しよせた。

「スタックのおかげだ！」と、かれは叫ぶ。「無限アルマダの責任者たちがわたしを人類最初の無限アルマダの一員であると認め、祝福をあたえてくれるのだと理解しても、まったくの曲解とはいえないだろう。わたしにお祝いの言葉をいってくれ、アン！　わたしは公けに認められることになるのだ」

そういうと、アンのアルマダ炎をじろじろと見て、

「しかし、どうすればそれを頭上に固定できるのだろう？　そのために、頭のなかになにかされるのか？」

「考えたこともなかった」と、アンが答える。「だれもエオンディク・トゥーの秘密を知らないし、自分がなにをされたのかもおぼえていない。しかし、アルマダ炎をあたえられたことで損害をこうむった者は、まだだれもいない。急いだほうがいい。というのも、アルマディストとして承認されたら、きみが同胞たちにかわって申し立てをおこない、部隊が消されるのを阻止することができるかもしれないからだ」

「ああ、わたしもそれは試みるつもりだ」と、エリックは答える。「アルマダ作業工のところへ連れていってくれ、アン！」

「わたしはいっしょに行けない」と、アン。「そんなことをしたら、即刻、逮捕されてしまう。わたしに会ったと、アルマダ作業工にいってもだめだぞ、エリック。わたしはきみをロボットの近くまで連れていき、それから姿をくらますことにする」

「ひとりで行かなければならないのか？」エリックは身震いする。「いっしょに行くのは魂のないロボットだけか？」

「それがきみの義務だ」

エリックはため息をつき、

「わかった。義務から逃れることは許されない。しかし、アン、わたしがいないあいだ、ほかの捕虜たちのことを気にかけてくれ！　われわれが幻覚を追いかけているのではないこと、スタックがもとの状態にもどれば受け入れてもらえるだろうということを、きみならかれらに理解させられるかもしれない」

「やってみよう」アンが請け合う。「では、行こう！」

8　エオンディク・トゥー

エリック・ウェイデンバーンは最初びくびくと、それから決然と、ジェルシゲール・アンがしめした方向へと歩く。通廊にそって進み、反重力シャフトで上昇し、ふたたび通廊に入る。その行きつく先に、《ゴロ＝オ＝ソク》の司令室があるはずだ。

鼓動が突然とまった気がした。通廊の最後の部分を進んでいるとき、開きっぱなしになったハッチの向こうに、テラの宙航士四人が立っているのが見えたのだ。

自分に死を要求した者たちの仲間かどうかはわからない。かれらも、こちらと同じく驚いているようで、幽霊でも見るようにまじまじと見ている。

最初は衝動的に、かれらと挨拶をかわしてあらたに明らかになったことを告げたいと思ったが、それにあらがい、先へと進む。鼓動が前よりも強くなった。肌は汗びっしょりで、まるで鋼の針であるかのように、宙航士四人の視線を後頭部に感じた……

司令室のハッチにたどりついた瞬間、背後から大きな叫び声と、ブーツの足音が聞こえた。

死ぬほどの恐怖で、ハッチにぶつかりそうになる。そのとき、かれの前でハッチが開いた。足音が近づいてくるのが聞こえ、目がくらむような明るさでよろめき、助けをもとめて叫びたくなる。しかし、喉は絞めつけられたようだった。

突然、周囲で大きなうなり音やぴいぴいという音がする。センサーを光らせながら黒い構造物があらわれ、かれを追跡者から遮蔽する措置をとる。

はじめてエリックは、アルマダ作業工を見て安堵を感じた……同時に、不安を。

「追跡者になにもするな！」と、大声でいう。触腕状アームにゆるくつかまれたまま、向きを変える。「スタックが悪用され損なわれただけで、まだ存在していることを、かれらは知らないのだから」

トランスレーターのスイッチが入ったままだったので、かれの言葉はアルマダ共通語に翻訳された。

だが、ロボットには宙航士たちを傷つけるつもりなどなかった。道をさえぎり、やんわりと押し返しただけだ。

「わたしはもどってくると、みんなにいってくれ！」エリックは大声でいう。「アルマダ印章船への招きにしたがうだけだと。もどってきたときには、わたしは無限アルマダの仲間だと認められているだろう。そのとき、われわれは考えを同じくするアルマディストたちとともに、スタックの状態をもとにもどし、成就を達成するだろうと」

宙航士たちの目にとほうにくれたようすを見、かれらにすべてを説明できないのを遺憾に思う。それからハッチが閉じた。エリックといるのはアルマダ作業工だけだ。

一体のロボットがジェルシゲール・アンが使っていた言語でなにかをいい、トランスレーターがそれを翻訳する。

「あなたが捕虜十万人のリーダーのエリック・ウェイデンバーンですか？」

「ああ、わたしがエリック・ウェイデンバーンだ」

「あなたはアルマダ印章船に連れていかれることを、どこから知ったのですか？」

「ジェル……」と、エリックはいいかけ、唇を嚙んだ。あやうく友を裏切るところだった。「スタックがわたしに語ったのだ」と、おちつきはらっていう。

「スタックとは、何者ですか？」

エリックはほほえみながら両腕をひろげ、

「われわれ全員の目標だ。きみたちはべつの名前で呼んでいる。トリイクル9と」

ロボットはしばらく沈黙する。エリックは、ロボットがだれかと通信連絡している印象を持った。それからロボットはいう。

「あなたの状況をアルマダ中枢に報告したのですが、アルマダ印章船に連れていくという決定に変更はないようです」

エリックは感情を害した。アルマダ作業工が自分を頭のおかしな男とみなしたのは明らかだから。とはいえ、情報源を明かさないかぎりうまく反論できないので、黙って無礼に耐えた。

「いっしょにきてください！」べつのロボットがいう。「われわれ、一アルマダ牽引機を使うことになります。《ゴロ＝オ＝ソク》とわれわれの目的地はべつですから」

エリックはしたがう。ロボットはかれを、やってきた通廊へと連れもどす。宙航士四人とほかのロボットたちの姿はなかった。

個々のグーン・ブロック間の通廊や接続部を抜け、主通廊に対して直角に左へ……あるいは、古いテラの言い方でいえば、機首に対して右舷へ進む。エリックは、司令室は輸送機の機首にあると仮定した。十分ほどして、ロボットとエリックは、上にたいらなレンズ状のドームを持つちいさな操縦室に着く。そこでべつのロボットが明らかにかれらを待っていた。かれらが入るやいなや、そのロボットは、触腕状アームを制御コンソールのセンサー・ポイントの上に動かし、

「われわれ、いまからスタートします。エリック・ウェイデンバーン、しずかにふるまい、われわれの指示にしたがうようお願いします！　なんらかの必要があれば、もう一体のアルマダ作業工にいってください。あなたの世話役ですから！」

エリックはかぶりを振るが、人間に典型的な身振りはロボットに通じないだろうと思いいたり、

「なにも必要ない。ただ、スタックを見たいのだ。ええと、つまりトリイクル9を」

「あなたの希望をかなえられなくて残念です」と、世話役が説明する。「無限アルマダのこの領域から、もはやトリイクル9は探知できません。しかし、あなたが望むなら、コンピュータで、われわれがちょうど通過しているアルマダ部隊の詳細な探知リフレックスをエレクトロン表示でスクリーンにうつすことはできますが」

「ああ。たのむ!」エリックは答える。

「とはいっても、十一分間しかうつせません。超光速航行しますから」もう一体のアルマダ作業工がいう。

エリックはトランスレーターをなでながら、自問する。この装置のコンピュータは、まったく異なる前提で成立する二種類の時間単位に、どうやって一致点を見いだすのだろう? テラの標準秒の定義をはじめて読んだときにどれほど啞然としたか、かれはいまだによくおぼえている。それによれば、標準一秒は、セシウム133原子の基底状態のふたつの超微細準位間における遷移に一致する放射の周期の、九十一億九千二百六十三万千七百七十倍なのだ。

無限アルマダのどの種族も、同様に複雑な時間単位の定義を展開したのだと思う……しかも、同様に天文定数とは関係なく。なぜなら、これはあまり物理学的目的に適してないし、かれらは故郷星系での天文定数をとっくに忘れたはずだから。

探知スクリーンのエレクトロン表示が〝目ざめた〟とき、エリックは時間に関する思考をはらいのけた。この空想的な眺めは肉眼ではけっして見られない。なぜなら、ここ銀河間宇宙空間においては、いかなる光源も、ほかの宇宙船を暗闇から浮かびあがらせることはできないのだから。

しかし、探知スクリーンはハイパー走査機がとらえたものをしめしていた。ありとあらゆる陣形でまとまった数百あるいは数千の艦隊は、ほとんど変化がない。この巨大艦隊はとてつもない規模を持つために、個々の動きは目では認識できず、あらゆる方向にひろがっている。その隔たりはあまりに大きすぎて、ハイパー走査機が解像することはできず、拡散した銀色の霧のように見えた。

エリック・ウェイデンバーンは身震いした。

これまでかれは無限アルマダを外からしか見たことがなかった。それはそれで驚くべき光景だったが、内側からだとさらに強烈なものだった。部隊の外側がなにも見えないのだから。

「アルマダ印章船に到着するまでに、超光速エンジンでどのくらいかかるのか？」と、たずねる。

「二時間四十分十五秒です」パイロットの職務をはたしているアルマダ作業工が答える。

「そのときには探知スクリーンになにがうつるのだろう？」と、エリックがつぶやく。

「ほかの艦隊の探知リフレックスと……もちろんアルマダ印章船です」

予想された答えであるにもかかわらず、そういわれたとき目眩がした。思わず操縦室に伸びている手すりにしがみつき、もうなにもいわなかった。やがてアルマダ牽引機がリニア空間に入り、通常空間における光速の数倍にまで加速した……

*

アルマダ牽引機が通常空間にもどり、探知スクリーンがふたたび陣形を組んだアルマダ艦のリフレックスをしめしたとき、エリック・ウェイデンバーンは期待に満ちてアルマダ印章船のリフレックスを探した。

艦隊をしめすリフレックス凝集体のあいだにある単独のリフレックスであるにちがいないと、エリックは考えていた。

しかし、それらしいものは見つからなかった。

そのかわり、べつのものが見つかった。かれが艦隊だと認識したリフレックス凝集体のあいだに、雲のようなものがある。それは固定の形状ではなく、絶え間なくその大きさやかたちを変えていた。エリックはすぐにその理由がわかった。宇宙船がたえず行き来しているのだ。超光速飛行後に通常空間にもどったあらゆるポジションから、雲に向かって流れている……また同時に、おびただしい数の宇宙船が雲からはなれ、加速しなからあらゆる方向へと飛んでいき、やがて中間空間に消えていくのだった。

　エリックはアルマダ印章船のことも忘れ、魅了されたように雲を観察する。飛来する宇宙船と飛びたつ宇宙船で、文字どおりたぎるようだ……やがて、自分が乗っているアルマダ牽引機がそれらの船と同じく、雲へのコースをとっていることに気づく。

　そして、突然、いま見ているものがなんなのか理解する。

　リフレックスの雲はアルマダ印章船のまわりにひしめく、あらゆるアルマダ種族の宇宙船で、そこでの用事を終えたら、ただちに自分の艦隊に向かって出発しているのだ。

　自分は無限アルマダの次元で考えていなかったと、エリックは理解した。アルマダ印章船での行き来がどれほどのスケールなのか、知っておかなければならなかったのだ。数百万にもおよぶ各艦隊は、しばしば十万隻をこえる艦船で構成されており、そこには数百万をこえる乗員が常時いるはずで、そうなると毎日何百万もの知的生物が生まれているはずであり……かれら全員がアルマダ印章船に連れてこられ、アルマダ炎を受けてアルマディストになっているのだ。

　当然のことではあるが、かれはこの現実を認識する準備ができていなかった。これまでは、あまりにちいさな次元において考えていたので。

　これまでは？

　興奮のあまりに、毛穴から出てきた額の汗をぬぐった。

エリックは確信した。自分はいまだに、無限アルマダの規模にふさわしい次元で考えることからなお隔たっている。永遠にそうできないままかもしれない。たんに、人間の想像力では不足だからだ。

パイロットの制御コンソール上方のちいさなデータ・スクリーンが明るくなった。無数のシンボルが次々に流れていく。パイロットがふたたび触腕状アームを動かす。その細い先端がいくつものセンサー・キイに触れる。非常にすばやかったので、エリックは動きを追うことができなかったが、パイロットが正確な進入コースのためのデータをハイパーカム通信で得たのだと思った。集合ポイント近くでのおびただしい数の宇宙船の動きを調整するためには、ほかに考えられない。

エリックは夢想しはじめた。

人類最初の無限アルマダの一員としてアルマダ印章船のひろいホールで歓迎され、そこを管理する生物たちが自分を、スタックに身を捧げた者だと認める場面を思い描く。かれらはすぐに認めるはずだ。そして、わたしとその支持者たちがどれほど不当なあつかいを受けたかを、理解するだろう。

それから、おごそかな儀式によってアルマダ炎があたえられ……

「だいじょうぶですか？」世話役のロボットの言葉にわれに返る。「手続きはすみやかにおこなわれます。混み合っていますから」

世話役のいったことを理解したとき、エリックの体内でなにかが引きしまった。

〝手続きはすみやかにおこなわれます……〟

これがかれを冷静にした。アルマダ印章船において、ひとつのことに必要以上に長くかかわれないのはもっともだ。しかしながら、完全ロボット化のベルトコンベアを進むように経過するとしたら、不愉快だ。

しかし、なんのそぶりも見せないようにつとめた。

「有機生物には、時間的に無限には延ばせないものごとがあります」と、世話役が説明する。「あなたがどれほどの頻度で栄養を補給し、体液を補充しなければならないのか、そしてまた、どれくらいの時間的間隔で、液体もしくは固体のかたちで排泄しなければならないのかを、わたしは知りません。それゆえわたしがおすすめできるのは、いまいったような、あるいはほかの宗教的義務があればそれを、アルマダ印章船前の待機ポジションに到着する前にかたづけておくことだけです」

エリックはかぶりを振る。

かれの着用しているセラン防護服は〝半再構成・再生ユニット〟の略称であり、現存する宇宙服の生命維持システムのなかで、もっとも重要でもっとも練りあげられた装備である。極小化した核バッテリーによって動き、人間のからだが放散するすべてを再利用できる物質にするか、無臭無害の物質にするのだ。それによって呼吸用空気と水の蓄えは何週間も良質にたもたれ、くりかえし使用できる。

人間のからだから出る固形廃棄物も再生されるのだが、回数を重ねるごとに栄養価は落ちるので、この可能性は緊急の場合のためにのこされている。セラン防護服の人工的環境における最初の数週間は、栄養価に富んだ凝縮口糧の充分なストックがあるのだ。エリックは、みずからの栄養補給に、これよりもアルマダ牽引機にあるなんらかの蓄えのほうがふさわしいなどとは思わない。

「答えを聞かせてください！」と、世話役が迫る。

「いや、やっておかなきゃいけないことはない」と、エリック・ウェイデンバーンは答える。

そのあいだにも、アルマダ牽引機は〝たぎる〟雲へと飛行していき、集まっては飛びたつ宇宙船の群れにさらに近づく。探知スクリーンでは、雲がしだいにほぐれて個々の物体となり、たがいの間隔が最初思っていたよりも大きいのだということがはっきり見てとれるようになった。

エリックは、雲の空間的ひろがりを見積もろうと試み、だいたい太陽系の太陽から木星軌道に相当するのではないかと踏んだ。それはたしかにすごいが、宇宙ハンザ時代の人間の想像力をこえるものではない。

それでもやはり、アルマダ印章船をひと目見たいというエリックの期待はますます大きくなった。何度も世話役にたずねるが、ロボットはその都度、まだ印章船は探知できないというばかりだった。

アルマダ牽引機が雲のなかに進入したとき、ロボットは一探知スクリーンの一リフレックスをさししめし、

「これがアルマダ印章船です」と、はっきりいった。

「ちゃんと見てみたい。リフレックスではなくて」と、エリック。「その部分を拡大してくれないか！」

「まだはなれすぎていますから、このようなちいさなアルマダ牽引機の相対的に弱いハイパー走査機では無理です」と、ロボットが答える。「もうすこし辛抱してください、エリック・ウェイデンバーン」

「わかっている、もちろん」と、エリック。

むずかしかったが、待ちきれない気持ちをぐっとこらえた。アルマダ牽引機は速度を落としている。もはやアルマダ印章船にまっすぐ接近してはおらず、大きさの変化するらせんを描いていた。

しかし、ようやく待ちに待った瞬間が近づく。

探知スクリーンのひとつに、宇宙の深淵から一構造物の輪郭があらわれた。エリックはもちろん巨大なスケールに目を奪われるが、それ以上にそのかたちに感銘を受ける。

とりわけ、かれの位置からは見えないものに。

非常に密な塵の雲が、暗く神秘的に宇宙区間にかかっている。それは探知インパルスを通さず、すべての光をのみこんでしまう……その下部から、下のほうがわずかに細くなった巨大物体が突きでていて、それが、多数の宇宙船、アルマダ牽引機、搭載艇の投光器やポジションライトの光のなかで、いぶし銀のように微光をはなっていた。この物体は巨大なナイフで切断されたように、同じ物質でできた巨大な円盤状のものの上に乗っていた。

この円盤の中心から、下に向かって百二十度ほどの角度でなにかが突きでている。それは人間の目には、階段……とはいっても巨人の……を連想させる。何ダースものあらゆる大きさのアルマダ牽引機が各段に着陸していることから、その大きさが推測できる。いちばん下端は千メートル以上の幅があり、長さがあるわけだが、それは上に向かって幅五百メートルまでしだいに細くなっている。

エリックの乗るアルマダ牽引機が巨大物体に近づけば近づくほど、スクリーンを見ているあいだに詳細が明らかになる。階段上端の前に、超次元のエアロックを思わせる高さ二百メートルほどの門がそびえている。階段は二十六段あり、そのひとつひとつがすくなくとも高さ百メートル、幅四十メートルある。

アルマダ印章船の本体が乗っている……あるいは連結している……円盤は楕円形をし

ており、最大径が三・五キロメートルあるにちがいないことも、エリックは見てとった。そこに着陸しているのは宇宙船や搭載艇ではなく、もっぱらアルマダ牽引機つまりグーン・ブロックで、そのうちの多くが印章船の外殻にくっついていた。この外殻にはさらに、大きさや深さのさまざまな多数のくぼみがあり、そこからパイプオルガンのパイプを束ねたような、平均二百メートルの高さの柱が突出し……柱の群れからときどき不気味なエネルギー性の稲妻が発せられていた。

しかし、この細部のほとんどをエリックの意識は付随的にとらえたにすぎない。目の前の全体的印象に深く感動させられていたから。アルマダ印章船はかれにとり、かつて全宇宙の思考生命体が生みだした、太古のすべての神々や英雄や悪魔にまつわる現象をひとつにまとめた神話の具現のように思われた。

エリックは、自分には定義できないなにかを手に入れたように感じた。無限アルマダ自体、想像も理解もできないが、その内部にあるアルマダ印章船がしめすものは、さらに筆舌につくせないほど想像も理解もできないであろうという認識が、かれの意識のなかに忍びよっていた。

9　待機する者たち

司令室の大型探知スクリーンにアルマダ印章船の姿がくっきりあらわれたとき、興奮の波が《フェンリク・ゴルーン》にはしった。

十一クオのジョーには、艦内のほかのクオウォックと同じような感情の高まりはない。かれは何度もここにきたが、乗員や特務コマンドのメンバーは、自身のアルマダ炎を受けたときに一度きたことがあるだけなのだ。それ以来、変態房から完成したクオウォックは一体も出ていない。

十一クオは考え深げに、エオンディク・トゥーの上部をおおいかくす塵の雲を見る。前にも考えたことだが、エオンディク・トゥーはほんとうに、この雲のなかで見えている部分から思い描くことができるような外観なのだろうか。非常に具体的な想像図や計算結果さえあるが、きわめていいかげんな噂もひろまっている。エオンディク・トゥーは、見えている部分から想像できるよりはるかに大きいという者たちも、上位連続体につづいているという者たちもいる。ある噂では、広漠とした雲の内部に上位次元への接続部があり、パラプシオン性の力でアルマダ炎をつくりだす秘密に満ちた知性体のいる場所につづいているのだという。

しかし、これらの噂の一部だけでも合っているかどうか、だれも知らない。見とおしのきかない物質の雲が知性体の想像力を刺激し、噂が生じたのかもしれない。真実はきっと永遠にかくされたままだろう。なぜなら、アルマダ印章船からもどってきただれも、なかがどのようであったのか、あるいはアルマダ炎の授与がどのようにおこなわれたのか、思いだすことができないのだから。

十一クオのジョーは船長のほうを向き、

「われわれ、充分に接近した、八クオのタン！」と、甲高い声でいう。「なにをぐずぐずしている？」

はげしく叱責されて、八クオのタンの器官袋は驚いて縮みあがった。それからかれは叱責を順送りした。

「いいかげんに故障シミュレーション・システムを作動させるんだ！」と、部下を叱りつける。そのとき、かれの発話器官はふつうの大きさの二倍になっていた。

数体のクオウォックが筋肉足で跳びながら操縦コンソールに移動し、準備していたスイッチを入れる。鈍い爆発が艦を振動させた。多数のデータ・スクリーンの表示が急に変化する。

ハイパーカムのスイッチが入り、ロボット音声がいう。

「こちらアルマダ印章船の飛行管制！　《フェンリク・ゴルーン》応答せよ！　どうして、指示された接近飛行コースをそれているのですか？」

十一クオのジョーは数回跳んで、ハイパーカムの前に立つ。

「《フェンリク・ゴルーン》から飛行管制！　本船は故障により操縦機能を失ってしまい、もはやコントロールがきかない」

「ただちに停止するように！」ロボット音声が応じる。「コントロールがきかないのなら、それ以上けっして近づいてはなりません。自力でとまることはできますか？」

「できると思う」十一クオのジョーはいい、船長がしかるべき操作をしているようすを眺め、「ああ、われわれ、自力で停止できる」

「故障が直るまで、そこにとどまること！　助けは必要ですか？」

「いや、われわれだけでだいじょうぶだ。船はもう相対的に静止した。われわれ、このポジションを維持する」

「了解。ふたたび完全に操縦可能になったら、すぐに連絡するように！　ただし、欠陥は徹底的に除去すること！　アルマダ印章船のすぐ近くでそうした事態があることは許されません。ここは往来がはげしいので、衝突にいたる公算が大だからです」

「承知している」十一クオのジョーが答える。

接続を切り、たったいま司令室に入ってきた九クォのシンのほうを向き、

「ここからエアロック門への階段は完全に見張れる。きみはアルマダ炎の授与を待つグループが階段に運びあげられたら、あらゆる方法を駆使してそれらをすべて調べ、分析してくれ。かれらが門を通過するときには、確実に結果が出ていなければならない。そうすれば、われわれに適した子供たちがもどってきたとき、ただちに行動できる」

「最善をつくします」首席遺伝学者が答える。「望むらくは、何年も待たずにすめばいいのですが」

「なにをばかなことを!」十一クォのジョーはたしなめる。「一年もたたぬうちに、アルマダ印章船に不審がられる。いっておくが、遅くとも二十日でかたづけなければならない。さもなければ、アルマダ作業工の一団が本船に派遣されるだろう」

「偉大なるウォックにかけて!」と、九クォのシン。「時間的要因がそれほど短いとは聞いていません。二十日間では、われわれ、適切な後継者を見つけられるわけがない」

「そのときには、ほどほどに適切な子供を、遺伝技術的に可能なかぎり、われわれに近づけなければならない」クオウォック艦隊の司令官が決定する。「それとも、子供を得られないまま、アルマダ部隊にもどるか?」

「それくらいなら、わたしの器官袋を水で満たすほうがましです」遺伝学者が答え、ふさぎこんで出ていく。

十一クオのジョーはこの自殺方法を思い描いたとき、思わずすべての外部器官をひっこめた。クオウォックにとって水は毒なのだ。器官袋に水が入ると、数秒で生命が脅かされる。なぜなら、水は結晶状の導体を通って、器官袋の奥にある脳の結晶構造を蝕むから……水溶性の結晶構造を！

ふたたびジョーはすこしずつ外部器官を出して、体表に固定した。目はいつものように円錐形のからだの先端にくっつく。それを使って、かれは大型探知スクリーンを見る。そこには、宇宙船の絶え間ない往来がうつしだされていた。

そのうち、子供たちが到着するにちがいない。クオウォック艦隊での養育に向いたメタボリズムやメンタリティを持ち、クオウォックとして育成できる子供たちが。

無限アルマダのほかの諸種族とともに何百万年も探したあげく、やっとトリイクル9を見つけたのだ。その種族の名前を消すようなことがあってはならない……

＊

《フェンリク・ゴルーン》内の日々はほとんど無限に流れていく。時の経過はクロノメーターの表示によってのみしめされた。なぜなら、昼夜の区別はクオウォックには存在しないから。艦内はいつも薄暗がりが支配している。とっくに忘れられた故郷惑星もそうだったにちがいない。湿度を保持することのできない寒さ同様に。

両方ともクォウォックには快適な環境なのだ。かれらの敏感な目は周囲をはっきりと見、まったく水分のないからだは、冷気のなかを快いと感じる。それでもやはり、かれらの遠い先祖が知性を持たなかった昔は、かなり大きな水源のある世界に住んでいたにちがいない。先祖は海棲生物だと主張する科学者たちさえいる。その仮説の根拠は、変態の第一段階で分子鎖をミネラルの多い水のなかに入れなければならないことだ。

ときどき、十一クォのジョーは、故郷世界とそこでの暮らしに関するなんの情報もないことを残念に思う。そこが惑星であったのかどうかすらわからない。とはいえ、ほかの可能性は考えられないが。すべてのクォウォック艦の内部は二・三Gの人工重力が維持され……エレクトロン宙航日誌の記録から、ずっとそうだったことが読みとれる。それにしたがえば、故郷世界は惑星で、しかも大質量であったにちがいない。なぜなら、艦内重力がずっとちいさな種族をいくつも知っているから。二Gをこえる重力というのはきわめてまれなのだ。

ジョーがこのような思考をめぐらすのは、たんに待ち時間をつぶし、ミッションが失敗するかもしれないという考えを脳から閉めだすためだった。

五日めになり、九クォのシンが司令室に跳びながら入ってきて、適した子供を発見したと告げたとき、この思考は忘れられた。

「通信から、スケンダーという種族だとわかりました」遺伝学者が興奮して報告する。

「わたしは、かれらの艦を見たときからすでに注目していました。胴体部こそわれわれのように台形ではなく、圧縮したシリンダーに似ていますが、下部には同様に器官袋状の湾曲があります。大人が子供たちを降ろしたとき、スケンダーの登場はわれわれにとってありえないほど幸運な偶然だと、わたしは確信しました」

「録画を見せてくれ！」と、十一クオのジョーは命じ、同時に、外部器官のひとつで、特務コマンドに出動準備をうながすシグナル発信機のスイッチを入れた。

九クオのシンはプロジェクターに記録プレートを押しこみ、スイッチを入れる。プロジェクション・グリッドを介し、宇宙の一部の三次元映像が再生される。それはアルマダ印章船へ通じる階段の一部をうつしていた。

この場にいる者全員が、階段に接岸したアルマダ牽引機から白い宇宙服を着た不格好な生物が降りるようすを観察した。そのまわりを黒い鳥が飛んでいるようだが、クオウォックは、この羽ばたきするものがなんなのかすぐにわかった。合成外部器官で、クオウォックの宇宙装備にもある。黒でなく銀色だが。また、クオウォックは紺色の宇宙服を着用している。

しかし、色は重要ではない。重要なのは、スケンダーが外部器官を持つという事実だ……それは合成外部器官から推しはかることができる。

スケンダーのからだの細部はほとんど宇宙服にかくれている。クオウォックの宇宙服のような透明な面はなかった。しかし、それは大きな類似を認めたうえでのさらなる事実にすぎない。

「かれらは跳びはねている……われわれのように！」船長が満足げにいう。

「しかし、かれらはわれわれのように大きな筋肉足一本ではなく、二本の短い跳躍脚を持っています」と、航法士。

「それはたいして重要ではない」と、九クオのシンがいう。「それよりも重要なのは、かれらの艦では重力が一・七Gと測定できたことと、艦内の空気が組成、温度、気圧においてわれわれのとほとんどちがわないことだ。とりわけ、同様に湿度がない」

「それはきわめて重要だ！」十一クオのジョーが叫ぶ。「だったら、子供たちをわれわれから隔離して育てる必要はない。いったい、かれらはどこにいるんだ？」

「すぐに降ろされます」と、遺伝学者がいう。

数秒後、アルマダ牽引機からシリンダー形容器が運びだされ、それが成人スケンダーの黒い人工の手によって先へわたされ、アルマダ作業工の把握アームにおさまった。シリンダー内壁のちいさな開口部から、長く細い触腕が突出して、ずっと動いている。

「かれらは自然の把握器官を持っている」十一クオのジョーが唖然としていう。

「きっと移行期の器官です」と、九クオのシンがなだめるようにいう。「見てのとおり、それらは無防備に真空にさらされています。つまり、インパルスを伝えるための結晶状繊維を有していないということ。子供にはあるが、大人にはないとわかることから、どこかのタイミングで落ちるのでしょう。おそらく、子供たちが自分の外部器官を発達させたらすぐに。わたしは、かれらに決めることを提案します。このような幸運な偶然がまたそうすぐに訪れるわけはありませんから」

「そうしよう」と、十一クオのジョーが決断する。「船の欠陥はとりのぞかれ、われわれは着陸できると、わたしが飛行管制に連絡しよう。特務コマンドは三基のアルマダ牽引機に分かれ、アルマダ炎をあたえられたスケンダーの子供たちがエオンディク・トゥーからもどったらすぐ、階段に突き進むのだ」

10 戦い

エリック・ウェイデンバーンは大きな目で光景を観察している。こんどは探知スクリーンでなく、アルマダ牽引機の操縦室上方の透明ドームごしに。

アルマダ印章船のエアロック門から〝下に〟突出している巨大な階段に接岸する許可を得るのに、数日かかった。くりかえし停止しなければならなかったし、あとから到着したほかの船に何度もそばを追いこされ、ようやく階段に着陸した。子供たちをアルマダ作業工の手にゆだね、その後、からだのいちばん高い場所の上方に輝くテニスボール大の球を授けられた子供たちを、ふたたびアルマダ作業工の手から受けとっている。

エリックは冷遇されることが不服だったが、ロボット世話役がいうには、だれかがアルマダ印章船に優遇される場合、かならず客観的な理由があるものらしい。

自分の考えがまったく重要視されないことはわかっていたが、ほかの船や搭載艇がずっと上に着陸し、かれの乗るアルマダ牽引機が階段のいちばん下に割りふられたことに気づいたとき、憤(いきどお)りが大きくなった。しかし、黙っていた。

たったいま、楕円体ふたつを組み合わせた淡青色の宇宙船が到着し、その後継者を運びこんで、ふたたび飛び去った。それがどの種族に属しているのか、あるいはその種族のメンバーがいかなる外観をしているのか、エリックは知らない。数名の乗員を見たが、ずっとはなれた上方に搭載艇で着陸し、ふたたびスタートしたので、不格好な深紅の宇宙服が確認できただけだった。

左舷方向に三キロメートルほどはなれたやや上方の宇宙空間に、べつの一宇宙船が浮遊していた。かたちからシグリド艦だとわかる。それが連れてきた子供たちはグーン・ブロックで階段に運ばれ、まだアルマダ印章船のなかにいた。

まわりには、さまざまなかたちや大きさをした何百もの宇宙船が依然としている。多くはポジションライトを点灯していた。自分たちがそこにいることをしめしたいのだろう。衝突に対しては、探知装置や積載コンピュータのほうがはるかに効果があるのだから。

ひとつの影がアルマダ牽引機の展望ドームの上にかかった。アルマダ印章船のそばにある多数のグーン・ブロックの投光器の光の前をゆっくり移動する。それがなんであるのかを知ろうと、エリックは見あげた。全長五百メートルほどの宇宙船だ。平たく押しつぶされた円柱を思い起こさせるような形状で、下部から袋のような湾曲が張りだしている。エリックがいままでに見た無限アルマダのすべての宇宙船同様、その船もグーン

・ブロックがエンジンの役目をはたしていた。
船は制動を終了し、ほどなく〝袋〟の下部エアロックが開く。一小型アルマダ牽引機が出てきて、階段の中間部分へのコースをとる。エリックは、どのような生物が乗っているのか見てみたかったが、かれのアルマダ牽引機が接岸しているところからは、その前にそびえるひとつ上の階段が未知の牽引機を見えなくしていた。

「時間です」と、世話役がいう。「降りましょう。あなたを門に連れていきます」

ロボットは操縦室から浮遊していく。エリックはあとにつづいた。パイロットがしんがりをつとめる。

牽引機の外で、エリックはアルマダ作業工二体のあいだに立たされた。セラン防護服の飛翔装置のスイッチを入れ、同行者にはさまれて〝上へ〟浮遊していく。

当惑し、いくらか萎縮さえしながら、ずっと両ロボットからはなれないよう注意する。なぜならまわりは、巨大バザールのように混雑していたからだ。

いたるところに種々の宇宙船や搭載艇がひしめき、そのなかによく知っているアルマダ牽引機の姿がある。それらのあいだ、横、上方に異文明のメンバーが群がっている。例外なくアルマダ炎を有していることが唯一の目に入る共通点だ。かれらはアルマダ作業工にともなわれ……しばしば風変わりな容器におさめられた子供たちを連れていく。

エリックと同伴者は、あちこちでカオス的な状況のなかをゆっくりと進んでいく。ロボット同行者によってどうにか束ねられている異人グループに、何度も行く手をさえぎられる。聴覚による意思疎通は、トランスレーターがあるにもかかわらず不可能だった。エリックがヘルメット・テレカムの波長を一定の周波に合わせると、ほかの知的生物の声を聞くことができるのだが、同時に何千もの声が聞こえてしまう。

アルマダ作業工だけがどうにか秩序をたもっている。どうやら特別なチャンネルを経由し、たがいに意思の疎通ができているようだった。

一時間ほどして、門までの半分ほどを進んだ。エリックはしだいに、はたして精神的に健康な状態で門に到達できるのだろうかという疑いをおぼえた。かれの感覚は、襲いかかってくる無数の印象で非常に混乱し、たびたび幻覚を見ているのではないかと思うほどだ。

それゆえ、予期せずぶつかった生物のことも、最初、幻覚だと思った。そのような生物が現実に存在するとは想像できなかったから。

腕も頭もない塊りが白い宇宙服にくるまれ、奇妙に曲がった太く短い二本脚が見えている……さらに、黒い鳥のようなちいさなものがひらひら飛んでいた。

鳥のようなものがふたつ、エリックに飛びついてきて、肩にとまった……かれに強い関心をいだいたようだ。エリックは無意識にそれらをたたき、たたきかえされた。そのとき、それが、人間の手とは似ても似つかぬものだということを見てとった。

エリックが甲高い悲鳴を発し暴れはじめると、アルマダ作業工が追いついてきて、かれを触腕状アームで押さえた。と同時に、ひらひらする黒い鳥も追いはらう。それから、白い宇宙服の塊り生物の頭上の、テニスボール大の発光体をさししめした。

エリックは理解した。

この生物は神経過敏による幻覚ではなく、アルマディストだと。アルマダ炎を持っているのだから。鳥のような黒いものは明らかに把握・視覚・聴覚器官、もしくは、その技術的模造品で、生物のからだに直接つながっておらず、遠隔操作で作動するのだ。

ロボット世話役は、エリックの神経がまいっており、助けを必要としていると見てとったようだ。ヘルメット・テレカムでいくつかの操作をし……そのあと、かれはロボットのいうことが理解できるようになった。何千もの未知の声がしだいに消えたから。

「あれはスケンダーです」と、ロボットが、不格好な生物を指さしながら説明する。「アルマダ第八四九部隊のメンバーでヘリウム呼吸生物です。あそこにさらなるスケンダーたちも見えます」

エリックは伸ばされた触腕状アームを目で追い、二十名ほどの白い服を着用した塊り生物の一グループを見た。着陸したアルマダ牽引機の前に立っている。数名は飛翔装置を使ってときおり短い距離を動き、ほかのアルマダ印章船の訪問者を自分たちの近くから追いはらっていた。べつのスケンダーは短い両脚で跳ねるように歩いている。エリックが多目的アームバンドで読みとると、階段上の重力は一・三五Gあるにもかかわらず、かれらはかなりの距離を進んでいた。

「スケンダーはほかの種族と遭遇すると、神経質になるのです」ロボットがさらに説明する。「とくに、子供たちがアルマダ印章船からもどるのをいまかいまかと待っているので。あそこにもどってきています」

アームがべつの方角をさししめす……なため上方を。

エリックは、ひとつ上の階段の縁に多数のアルマダ作業工があらわれるのを見た。かれらは触腕状アームのなかに、それぞれ四個から七個のシリンダー形容器をかかえている。そのごくちいさな開口部から糸のように細くおびただしい数の触手が突出し、イソギンチャクのようにあちこち動いている。

各容器の上方にはアルマダ炎が光っている。

エリックは言葉が出なくなった。それでも、かれの神経はふたたびおちつきをとりもどし、ある観点から無限アルマダをようやく理解することができた。驚くほどの、際限ないように見える知的生命体の多様性が、無限アルマダにおいて唯一の目的のもとにひとつにまとまっている、という観点だ。

かれは、ほとんど敬虔な気持ちでそれに感嘆した。そのとき、攻撃がはじまった……

台形表面の下部に袋状の湾曲のある小型宇宙船、つまり搭載艇三隻が、宇宙空間から突然、エリックとスケンダーのいる階段に降りてきた。

＊

着陸したとたん、すでに開いていたエアロックから、先の尖った円錐形の生物が飛びだしてきた。紺色の宇宙服は前方がぶあつく膨れて、着用者が肥満しているかのようだ。

しかし、エリックはこの生物をヒューマノイドになぞらえるのをすぐにやめた。ぶあつく膨れた部分に、隙間が生じたり閉じたりしているのを見たからだ。そのさい、ちいさな銀色に光るものが出てきて、鳥のようにひらひら飛んだ。

エリックは無意識に、スケンダーの黒い外部器官を思いだした。かたちと動きが驚くほど似ている。視線を先の尖った円錐形生物からスケンダーのほうへ転じようとしたが、その必要はないと気づく。なぜなら、円錐形生物がスケンダーに猛烈に突進していき、その半数をすでに未知の武器で排除したから。

エリックは驚愕し、白い服の〝塊り生物〟と紺色の〝円錐形生物〟とのあいだでくりひろげられる、不気味なほど音のない戦いを見つめた。無限アルマダの種族間には完璧な調和があるという確信を揺さぶられながら。

どうやら両者は、テラのパラライザーに……いずれにせよ、作用のしかたは……似た武器を使っているようだ。しかし、その外観はまったくちがう。それらは例外なく、銀色の、もしくは黒の、真空を鳥のように飛ぶ人工把握器官によって保持されていた。くらくらするほどの混沌のなか、ビームが敵の把握器官に向けられているのか、あるいは敵そのものにか、エリックはすぐには認識できない。しかし、だれかが倒れるたび、その近くから把握器官が見えなくなるのだった。

この戦いがなにを意味し、なぜアルマダ印章船の近くでこのようなことが許されているのか、ロボット世話役にたずねたかった。しかし、見あたらない。

とほうにくれてあたりを見まわす。いまやますます大きくなる混乱におちいったこの環境では、もはやアルマダ作業工なしには完全に無力だということが突然はっきりした。多くの異人がパニックになって逃げだしたり、たがいにぶつかり合ったり、戦いを見物するためにとまったりしている。

それから、エリックは見た。戦いがこの階段だけではなく、百メートルほど上にあるすぐ上の階の縁でもくりひろげられているのを。そこでの戦いはもっとはげしく、不意に、なぜ戦いが引き起こされたのかがわかった。

円錐形生物は、印章船からアルマダ炎を授かったばかりのスケンダーの子供を奪おうとしているのだ。

エリックはこれをどう考えればいいのかわからなかった。平和が破られたことへの落胆と、平和を破った者への憤慨を感じるばかりだ。

どうやら強奪者が目的をはたしたのを見て、憤慨ははげしい怒りに変わった。円錐形生物は、スケンダーの子供たちを運ぶアルマダ作業工を無力化し、子供を救おうとする十名ほどのスケンダーを押しのけた。

エリックは衝動的に飛翔装置でスタートする。武器を持っていなかったので、どうすればいいのかはっきりとしたイメージはなかったが、スケンダーを助勢しようと決めたのだ。

上への道のりを半分ほど行ったところで強奪者たちと出くわした。かれらのそれぞれが、銀色の外部器官でスケンダーの子供のおさまるシリンダーを紺色の宇宙服に押しつけてかかえ、やってきた搭載艇へのコースをとっていた。

エリックはその一名の行く手を巧みに阻み、肩ではげしく突いた。異人とエリックは正反対の方向に分かれて飛んでいく。テラナーは大急ぎで、あらたな突きを試みるために飛翔装置の制御スイッチを操った。

そのときいきなり、四方八方からアルマダ作業工があらわれ、武器アームを動かした。武器の発射口がぎらぎら光り、強奪者の宇宙服とその外部器官にエネルギー・ビームがはなたれるのを、エリックは見た。

数秒のうちに局面は変わっていた。何百体ものアルマダ作業工に対して、三十名ほどの強奪者はなにもできなかった。すでに敗れたも同然だ。

エリックは飛翔装置の出力を絞る。かれにはもうするべきことはなかったから。

そのとき、突然、なにかが宇宙服に接触するのを感じた。強奪者のひとりがすぐ横で行動しているのを見て、驚く。その直後、エリックの耐圧ヘルメットのアンテナのまわりに銀色に光る外部器官が置かれ、数秒後にヘルメット・テレカムのなかで音がした。

「助けてくれ！」トランスレーターの翻訳した言葉がコンピュータ音声で響く。「絶望からの行動なのだ。アルマダ作業工はわれわれに対して、結晶状神経系を破壊するヴァイブレーション・ビームを使用している。きみは思いやりのある生物のようだ！　たのむ、われわれを助けてくれ！」

エリックはどういうわけか、その言葉に感銘を受けた。だから、異人を、最初の衝動でそうしたようには、邪険にはねつけることをしなかった。

「だが、きみたちはスケンダーの子供を奪おうとした！」と、かれは応じる。

「そんなことスケンダーにはたいした痛手ではない。だが、われわれクオウォックにはもう後継者がいないのだ」と、異人が説明する。「われわれ、養子を探している。その代償が神経系を破壊されることなのか？　スケンダーを助けたきみは、思いやりのある生物だ。われわれを助けてくれ、われわれは助けを必要としている！」

つまり、わたしがはげしく突いた異人はクオウォックだったのだ！　エリックはそう考えた。そのせいでこのクォウォックは仲間たちから引きはなされ、アルマダ作業工に攻撃されていない。スケンダーの子供のおさまったシリンダーをまだかかえている。もちろん、誘拐は非難すべきことだ。しかし、その行為は、動機が犯罪的でない場合でも、もっともひどい罰に値するのだろうか？

「どうしたらきみたちを助けられるというのか？」と、かれはたずねる。「あれほど多数のアルマダ作業工に対して、わたしは無力だ」

「グーン・ブロックを使って、わたしが仲間を収容するのを手伝ってくれ。かれらは外側装置をやられたので、どうすることもできないのだ。ブロックからは牽引ビームで引きあげられる。アルマダ作業工の不意をつけば、じゃまはされないだろう。うまくいけば、仲間たちが不治の害をこうむる前に、助けられるかもしれない」

「いずれにせよ、やってみよう」エリックは意を決して答える。クォウォックたちがどうすることもなく宇宙空間に追いはらわれたり倒されたりしているにもかかわらず、アルマダ作業工が撃ちつづけているのを、怒りをあらわにして見る。知的生命体をあのように痛めつける権利は、だれにもない！

「あそこに一アルマダ牽引機がある」と、クォウォック。「乗員は降りてしまっている。さ、急ごう！」

エリックはうなずき、中くらいの大きさのグーン・ブロックをめざす。だれもそれに目をとめていない。クオウォックは、ぐったりした同胞たちのまわりに集まったロボットからエリックのからだが見えないような姿勢をずっとたもっていた。

エリックとクオウォックが、開いているエアロックからグーン・ブロックに入ったことも、だれも気にしていなかった。

「わたしはここにとどまり、牽引ビームを操作する」と、クオウォックはいい、外部器官のひとつで、エアロック室の色とりどりの正方形に分割された壁面をあちこち触れる。「きみはアルマダ牽引機の操縦をたのむ!」

「しかし、わたしはアルマダ牽引機を操縦したことはない」と、エリック。「なぜ、きみが操縦しないのだ?」

「わたしは手がはなせない。たのむ、急いでやってくれ!」

気が進まないエリックは、クオウォックに指摘したかった。スケンダーの子供を抱いている三本の手……人間の手とはほとんど似ていないので、より正確にいえば把握器官……のうち、一本を操縦に使うことができるのではないかと。しかし、いうだけむだだろうと予感し、断念した。

かれはクオウォックをエアロック室へ押しもどし、操縦室へ急いだ。自分でも驚いたが、最初こそグーン・ブロックが荒々しい動きをしたものの、すぐにうまく操縦できるようになった。動かなくなっているクオウォックたちに向かって正確にコースをとる。

アルマダ作業工たちは疑念をいだかなかったようで、グーン・ブロックを妨げなかったが、犠牲者たちを撃ちつづけている。エリックはますます怒りがこみあげてきて、もともと平安を乱したのはクオウォックだったことをほとんど考えないほどだった。クオウォックを最悪の事態から守ろうと夢中になるあまり、かれらがスケンダーから奪った子供たちをまだしっかりと把握器官でかかえていることに、エリックはまったく気づいていなかった。救助活動を成功裡に終え、ほとんどのクオウォックが操縦室に入ってきたときはじめて、そのことに気づいた。

「わたしはおろか者だ！」と、苦々しく叫ぶ。「アルマダ作業工が撃ちつづけたのはもっともだ。きみたちが子供たちを手ばなさなかったのだから。わたしはもうきみたちになんの手助けもしない。子供たちを自発的にスケンダーに返さないかぎりは」

ヘルメット・テレカムのなかで音が響くが、トランスレーターは翻訳できない。まったく異質な音だが、かれらが人間の慟哭と同じことをしているのではないかとエリックは感じた。同情の念をおぼえる。

慟哭がやんだとき、一クオウォックがいいはじめた。

「すべてを説明すれば、きみはきっとわれわれを理解してくれる、思いやりある生物よ。しかし、まずはここから逃げなければならない。われわれのだれも手があいていないので、きみがアルマダ牽引機をわれわれの船まで操縦するしかない。たのむ！　スケンダーは、このわずかばかりの子供たちがいなくても容易にやっていける。しかし、われわれにとっては、この子たちがすべてなのだ」

外ではアルマダ作業工たちが驚愕からたちなおり、追跡のため集まっている。

「いいだろう！」と、エリックは答える。「わたしがいなければ、きみたちがどのように逃走するつもりだったのかは知らないが、今回もう一度だけ助けよう。きみたちがほんとうのことをいっていると思えるから。きみたちの船はどこにあるのか？」

「ななめ上方に」と、同じクオウォックが答える。「大きさはちがうが、かたちは搭艇と同じだ。《フェンリク・ゴルーン》という」

アルマダ印章船のまわりの明るさで、エリックは当該船をすばやく見つけた。それは巨大で、紺色の外殻は大きな真珠のネックレスに似た無数の物体で上張りされていた。

かれはそれをめざし、距離が数百メートルになったとき、〝真珠のネックレス〟がデオキシリボ核酸と驚くほどの類似点を持っているとわかった。ただし、ここでは二重らせんでなく、五重らせん構造になっていたが。

かれはこの装飾的付属物の意味をたずねた。

「あれは、かつてわれわれの変態の第一段階を導いた分子鎖をあらわしている」これまでずっと発言してきたクオウォックが説明した。

エリックは、かれがもっといいたいことがあるような印象をいだいた。しかし、そのとき突然、多数のクオウォックがいりみだれて話しはじめたので、トランスレーターが機能しなくなる。テラナーは、この生物の多くが異人に知られたくないと思っている秘密に触れたらしい。

数秒後、エリックはふたたびこの話題を忘れた。なぜなら、探知スクリーンに、やはりクオウォック船をめざす多数の非常に大きなアルマダ牽引機があらわれたからだ。

「われわれ、ほかの目的地を探さなければならない」と、かれは説明する。「数分後にはきみたちの船にアルマダ作業工が群がる」

「しかし、どこに行けばいいと？」と、一クオウォック。「われわれ、自分たちの船にしか長くはとどまれない。ほかの場所では、宇宙服を開くことができないのだ」

「きみたちは、酸素呼吸するのではないのか？」と、エリック。

そういった瞬間、クオウォックが酸素を呼吸しないとわかった。酸素呼吸生物であれば、けっしてヘリウム呼吸生物の子供を養子にしようなどと考えたりはしない。

「スケンダーの船へ行こう」と、かれは決定。制動をかけ、探知スクリーンで、下部に大きな外側への湾曲を持つ押しつぶされたシリンダーに似た船を探す。

「しかし、スケンダーはわれわれの敵だ」一クオウォックが異議を申したてる。「かれらはわれわれをとりおさえ、われわれから子供を奪い返すだろう」

「そうなってもかれらを恨むことはできない」と、エリックはそっけなくいう。「が、まず第一に、こちらは横づけするだけだ。外殻についた一グーン・ブロックがすぐに注意を引くようなことはないと思う。それから、きみたちはスケンダー船の空気を慎重に吸いあげればいい。アルマダ作業工はわれわれがスケンダーのそばにいるとは夢にも思わないだろう。また、このあたりを飛行している数千のアルマダ牽引機のどれがわれわれであるのか、いまはわからないはず。それに、スケンダーの子供たちのことも考えなければ。かれらの容器のほうが、宇宙服よりずっと呼吸する空気がすくないはずだ」

「〝われわれの〟子供たちだ」と、一クオウォックが反論する。「かれらはいまはクオウォックだ」

「そのことはいつか話し合いではっきりするといいのだが」と、エリック・ウェイデンバーンはいう。「それまでは、ふたつのことしか考えられない。子供たちの生命をどうやって守るか、そしてきみたちを虐待からどう保護するか。自分がふたたび捕らえられたときにどうなるかは、さしあたり考えたくない」

11 ふたつのヘリウム呼吸種族

グーン・ブロックがスケンダー船の外殻に接したとき、軽い衝撃がはしった。エリック・ウェイデンバーンは重力アンカーのスイッチを入れる。それから、アームバンド・デテクターを一瞥して、耐圧ヘルメットをはねあげ、手の甲で汗をぬぐった。

なにに巻きこまれたのかが、しだいにはっきりとしてきた。どのような結末になるのだろうか。関係のない問題に介入しないほうがよかったのだろう。だが、かれはこの出来ごとに、とりわけおのれの気持ちに、不意をつかれたのだった。

操縦室の透明なドームごしに、二キロメートルほどしかはなれていないアルマダ印章船に視線を向ける。その光景は同じままだ。宇宙塵の見とおしのきかない雲からあらわれ、ななめ下の宇宙空間に巨大な階段を突きだしている。エネルギー性の稲光が、不規則な間隔で、くぼみから伸びる柱の群れからはなたれていた。

発着もふたたび正常化したようだ。一階段の一部分で起きた出来ごとなど、きっとアルマダ印章船の機能にとっては、まったくの些事(さじ)なのだ。

しかし、完全に忘れられたわけではないらしい。印章船の近くでは、エリックが到着したときとくらべると、はるかに多いグーン・ブロックとアルマダ作業工が動いている。誘拐犯を懸命に探しているのだ。とりわけ、クオウォック船内で。このあいだに船は、グーン・ブロックとアルマダ作業工の大群にすっかりつつみこまれていた。

かれは操縦室に押しかけてきたクオウォックたちのほうを振り向き、

「すぐにもきみたちの船にもどれるなどと考えないほうがいい」と、いう。「このグーン・ブロックのなかの酸素空気をスケンダー船の空気と入れ替え、子供たちの世話をするよう提案する」

「そうしよう」トランスレーターが翻訳する。どのクオウォックがいったのかはわからなかったが。

エリックはクオウォックがどのような外観をしているのかわからなかった。完全に宇宙服のなかにかくされていたから。〝前方〟がぶあつく膨れた紺色の先の尖った円錐形と、その下側に人工物の跳躍筋のようなものがついている姿だけだ。

「まだ自己紹介をしていなかった」と、かれはいい、「わたしの名前はエリック・ウェイデンバーン。かんたんにエリックと呼んでくれ。テラナーという種族だ」

〝なぜ、スタックに関してなにもいわないのだ?〟と、いう考えが浮かぶ。

その理由を認識し、かれはうしろめたそうなしぐさをした。スタックはもう自分にとっては、ほとんど非現実的な過去のおぼろな記憶以上のものではない。

「エリック」と、一クオウォックがいう……大きな人工複眼を宇宙服の先端からはずし、すこしエリックのほうに浮遊させたので、だれが発言したのかがわかった。

かれらは一種のテレキネシスを使っているにちがいないが、それはかれらの器官……自然のものであれ、人工のものであれ……に関してのみ機能するように思われる!

「エリック」と、そのクオウォックはくりかえす。「わたしは九クオのシン、アルマダ第二〇九九部隊の首席遺伝学者だ。きみはクオウォック種族が無限アルマダから消えるのを救った生物として、われわれアルマダ部隊の歴史に名前をとどめることになるだろう。われわれ、本来のクオウォックは、もう子供を得られない。だが、この子供たちはたんにクオウォックを名乗るだけでなく、われわれが育てあげたときにはクオウォックになっているだろう。かれらによって、われわれのアルマダ部隊はクオウォック艦隊でありつづけるのだ。なぜ、われわれがこの子たちを奪ったのか、これで理解してもらえるだろうか、エリック?」

エリックはうなずいた。クオウォックのいうことを理解しただけではなく、同情した。それでも、かれらが正しいとは認められない。

「いっていることはわかる、九クオのシン。だからといって、きみたちの行為は正当化されない。これらの子供たちはきみたちのものではないし、かれらと両親やスケンダー種族のあいだにいかなる結びつきがあるのか、きみたちはわかっていない。その結びつきを永遠に壊すのは残酷な行為ではないか。スケンダーと話し合いをすべきだ。そうすれば、子供たちを合法的に引き受ける可能性があるかもしれない。あるいは、両親が子供たちといっしょにきみたちのアルマダ部隊に移住することもあるかもしれない」

「きみはわれわれのことを理解していない、エリック」と、九クオのシンが答える。

「きみがアルマディストではないからだろう。だから、無限アルマダの全種族の目的はトリイクル9を見つけることだということも理解していない。たしかに、この目的は達成されたが、それゆえにこそ、われわれの使命はまだ終わらない。なぜなら、トリイクル9が汚されていたからだ。浄化し、もとの場所にもどさなければならない。そして、一アルマダ種族にとって、それが実現される前に無限アルマダから除外されるより由々しきことはない。

クオウォックという種族の存続をはからなければ、まさにそのことがわれわれに起こるのだ。この子たちがいれば存続できる。無限アルマダのなかで、個体の解剖学的構造、メタボリズム、メンタリティにおいて、スケンダーほどわれわれに似ている種族はありそうもないからだ。もしスケンダーが交渉を拒否したり、われわれから子供たちをとりあげたりしたら、クオウォック艦隊はもはや存在しなくなるだろう」

エリックはどういったらいいのかわからなかった。クオウォックという種族を脅かす悲劇に同情はするが、奪った子供たちがそれを変えられるとは思えない。かれらは死にたえたクオウォックの遺産を相続することにはなるだろうが、そのときには、いまのクオウォック艦隊が第二のスケンダーたちになるだろう。

「よく考えてみよう」と、エリック。「そのあいだにきみたちは空気の交換を！」

「では、きみはヘルメットをふたたび閉じなければならない」九クオのシンが答える。

エリックは耐圧ヘルメットを閉じ、クオウォックが空気の交換を準備するようすを眺める。作業がかなりもたもたしているのは、把握器官を使わないためだ。奪った子供たちを、ちょっとでもはなせば、とりあげられてしまうかのように、ずっと抱きしめているからなのだが。

ほんとうに同情されてしかるべきだ。

しかし、自分はどうしたらいいのか？　やはり同情されるべきではないのか？　アルマダ印章船を肉眼で見ることができるにもかかわらず、それは遠くへ押しやられている。いつの日かスタックにいたるという見こみもはるかに遠い。

そもそも、それを望んでいるのかどうかすら、かれにはもう確信がなかった……

＊

不気味なシーンだった。

クオウォックは、アルマダ牽引機の酸素空気を、スケンダー船を満たしているヘリウム空気と交換したあと、宇宙服を脱いだ。

エリック・ウェイデンバーンは魅了されたように、青い真皮でおおわれたこの生物を見ていた。先の尖った円錐形の、四肢のない胴体でできているからだを。いずれにせよ、胴から四肢は出ていないし、頭もない。そのかわり、ひとつの面に膨らんだ器官袋があり、その上部にある種々の割れ目から、視覚・聴覚・把握器官や、そのほか目的がすぐにわかる器官があらわれる。これらの器官は淡紅色で、からだとしっかり結合しているわけではない。しかし、それらはからだ、もしくはなんであれ中央システムのようなものによって制御されている。そのため、それらの器官も脳も自由に有機的な発信や受信ができるのだと、エリックは思った。それで、命令の伝達とフィードバックによるたえざるコントロールが可能なのだと。

宇宙服や飛翔装置がなくとも、クオウォックは筋肉質のよく目立つ黄色い足の助けで、大きくあるいはちいさくジャンプしたり、スキップして前方に動いたりできる。画期的だ。エリックはそれにには比較的早く慣れたが、たえずあちこち動きまわり位置を変える外部器官にはなかなか慣れることができなかった。クオウォックの先祖がいかなる環境条件でこのように進化したのかと、自問する。

この画期的な生命形態が、子孫を生みだせないために絶滅することになると考えると、悲しくなった。

その思考をかれは一時的に忘れた。クオウォックたちが、容器からスケンダーの子供をとりだしはじめたのだ。すぐにシリンダーの開閉メカニズムを見つける。シリンダーが音をたててふたつに開き、生物があらわれた。その光景はエリックに、なにか未完成のもののイメージを呼び起こした。

スケンダーは塊り状で、淡黄色の毛皮でおおわれ、頭も腕もないが、二本の短い跳躍脚のきざしもある。からだの片側に器官袋の萌芽があり、反対側にはメタリックな微光をはなつ一対の翼のなごりがある。それで、触手が子供たちの構成要素ではないことがわかる。シリンダー上半分の内側にあるセンサーは、触手がスケンダーの子供たちに外界とのコンタクトを可能にしていることをしめしている。将来は外部器官の助けでコンタクトできるようになるのだろう。

「どうやって食物を摂取するんだ？」エリックは考えていることを声にし、突然、クオウォックにも食物摂取のための開口部がないことに気づいた。九クオのシンにちがいない。

一クオウォックが複眼をかれのほうに向けた。

「成長すればかれらは、まさにわれわれのようになる」と、説明する。「つまり、食物を摂取しない。きみは不安定な有機体なのでおそらく知らないだろうが、一定体温を維持したり活動を可能にしたりするために養分を燃焼する必要のない、安定性のある有機体が存在するのだ。われわれは核メタボリズムを持つ。つまり、核バッテリーの原理にしたがって、変態のあいだに集めた核燃料が使いはたされるまで機能するのだ」

エリックが無意識にあとずさると、かれはつけくわえた。

「心配ない。われわれ、なんの放射も出していないし、子供たちのことも恐れる必要はない。われわれの調査では、かれらは不活発な変化段階にある。その後ようやく、核燃料を蓄えて大人になる」

「そういうことなのか！」エリックはささやくようにいう。「わたしが考えていたより、ずっと幻想的だ。生きた核バッテリー！　自分たちの体内に蓄えた核燃料の原子核分裂によって生きる知性体とは！」

「それに驚いているのか？」と、クオウォック。「非効率的なメタボリズムを持つにもかかわらず機能する知性体が、べつの進化によって生まれたことのほうが、はるかに驚くべきことだ」

エリックは息をのんで、

「たしかに、そうともいえるな！」と、笑う。「だれしもまずは自分の立場から見るもの。が、自然の可能性は無尽蔵のように思われる。わたしはいまようやく、いままでそのことに関していかに知らなかったのかを理解した……そして、いまもほんのわずかなことしか知らないのではないかという気がしている」

かれはふたたび真剣になり、どうやればクオウォックを助けられるのかと、半時間のあいだ考えつづけた。もちろん、かれらがほかの種族と同様、種として一回かぎりのものであり、それゆえ絶滅を運命づけられていることもわかっている。たとえ、奪ったスケンダーたちとその子孫のなかで、かれらの名前だけが生きつづけるのだとしても。それでも、すくなくとも尊厳をたもって絶滅できるということだ。

「わたしがスケンダーと交渉しよう」と、かれはついにいう。「きみたちが望むのなら、調停者として。わたしがほかのアルマダ牽引機を使ってスケンダー船へ飛び、通信連絡しても、スケンダーには、きみたちと子供たちがどこにとどまっているのかはわからないだろう」

この提案は、最初、居合わせたほとんどのクオウォックによって拒否された。しかし、はげしい議論のすえ、アルマダ作業工は、クオウォックから子供たちをとりあげるか、スケンダーとのあいだに平和的合意ができるまでは、クオウォック艦を解放しないだろうという認識に、全員がいたった。

考えられるすべての可能性を九クオのシンと詳細に議論したのち、エリックは飛翔装置のスイッチを入れ、使える乗り物を探しに出発した。

＊

よくわからない理由で宇宙空間を漂うちいさなグーン・ブロックを発見するのに、ほとんど三十時間を要した。

もちろん、あてどなく漂っていたのではなく、エリック同様、コントロールにしたがって、いわば待機状態にあったのだ……相対的にアルマダ印章船から一定の速度と距離をたもちながら。たぶん、いつかだれかがそれでもどるつもりだったか、あるいは予備として。いまのエリックの状況では、それはどうでもよかった。

かれは見つけたグーン・ブロックをスタートさせ、低速でスケンダー船をめざす。その後、指向性通信シグナルを送った。

数分待ったが反応がない。それでも、通信をつづける。スケンダー船に到着する直前、通信装置のスクリーンが明るくなった。

そこにまずエリックが見たのは、黄褐色の絹のような毛皮だけだった。それから、毛皮にそって黒い構造物がひらひら動き、固定され、赤い視覚器官が外側に向いた。

「わたしはエリックといい、クオウォックの依頼を受けて、きみたちと交渉しにきた」エリックは、トランスレーターのスイッチがまだ入ったままなのを確信して、いった。

スクリーンで、最初の視覚器官の横に第二の視覚器官がすばやく移動した。とつとつとした未知言語の声が響いたあと、トランスレーターが翻訳をはじめた。

「われわれ、牽引ビームできみをたぐりよせる」と、トランスレーターが翻訳した。それでぜんぶだった。

エリックはスケンダーと話をしようとくりかえし試みたが、相手は沈黙したままだ。ただし、目はこちらを凝視している。もちろん、実際にではない。こちらはスクリーンにうつるスケンダーを見ているだけだし、向こうもスクリーンを見ているだけなのだから。それにもかかわらず、エリックは、だんだんと居心地悪く感じてきた。

かれはグーン・ブロックのエンジンを切った。するとすぐに、牽引ビームの力にとらえられ、スケンダー船へと引かれるのに気づいた。数分後には格納庫エアロックにいた。

通信機のスピーカーからスケンダーの声がした。

「さ、乗り物からはなれるんだ、エリック！　だが、警告しておく！　武器を持たず、策を弄さぬことだ！　われわれはきみを支配下においている」

「わたしの意図は平和的な性質のものだ」と、エリックが請け合う。「交渉人としてきただけだから」

かれはもう一度セラン防護服をくまなくチェックし、それからアルマダ牽引機をはなれた。薄暗い格納庫エアロックのなかでは、だれもかれを待ち受けていない。しかし、ハッチが開いたとき、エリックはそれをシグナルと解釈し、なかに入っていく。

非常に高くてせまい通廊だ。床は弾力がある。このことと通廊の高さは、スケンダーが船のなかで歩幅のひろい、それに応じた高いジャンプで移動することを示唆しているのかもしれない。

エリックはひたすら進む。前でハッチが開けばそちらへ、横でハッチが開けばそちらへと。こんどの区間は長さ百メートルほどの高い通廊で、すくなくとも三十パーセントの勾配がある。どうやら、スケンダーは反重力リフトを持たないか、あるいは使うのをとくには好まないようだ。

それからまたもやハッチが開く……エリックが入ると、そこはホールで、円形の床は直径八メートルくらい、高さが五メートルほどあった。

かれの目の前、天井の下の台座上に、身長二メートルほどの塊り状の生物が一体、短く強靭な跳躍脚で立っていた。メタリックな微光をはなつ翼を大きくひろげている。といっても、さしわたし二メートル半ほどだったが。

これが高い通廊と勾配の理由か！　と、エリックは考える。かれらは、大気中を移動するときには、高くはね、滑空するのだ。

見まわすが、そのスケンダー以外の姿は見えなかった。

「きみはたえず監視されている！」トランスレーターがスケンダーのとつとつとした声を翻訳した。「そのうえ、自動武器もある。策を弄すれば、死ぬことになるぞ！」

「そんな気はない」エリックは、スケンダーの嫌疑と脅しに不快感をおぼえながら答える。「きみには、クオウォックに誘拐された子供たちに関して、わたしと交渉する全権があるのだろうか？」

「わたしはクラ＝フ＝クロという。スケンダー部隊の首席生体育成者だ」と、風変わりな外観の生物が答える。「生体素材に関して全権を有している。交渉する前に、一クオウォックがここにきて、テストを受けることをもとめる」

エリックは、背筋がぞっとした。

クラ＝フ＝クロは子供たちのことを〝生体素材〟と呼んだ。きっと子供たちを生命のない物質のようにあつかっているのだ。しかしこのことは、ひょっとしたらクオウォックにとっては有利であるかもしれない。しかるべき対価を支払えば、この化け物のような生物は子供たちを譲渡するだろう。

「われわれが子供の売買契約の決着をつけるまでは、クオウォックをここへこさせることはできないと思う」エリックは冷ややかに答えた。「値段をいってくれないか、クラ＝フ＝クロ！」

スケンダーは、ジャンプしようとするかのような姿勢をとった。黒い把握器官がかれの前の空気を渦巻かせる。

「策を弄するべきではない！」突然、けたたましい声が響いた。

かれは不安なのだ！　エリックは驚いて認識した。だが、なにに対する不安か？

「そんなことはしていない。しかし、契約に決着がつくまで、クオウォックがこの船にくることはないだろう」と、はっきりといってから、思いついたことをつけくわえた。「クオウォックは非常に臆病な生物だということを、知っておくべきだ」

スケンダーはすこしリラックスし、

「それでも、わたしはこの前提条件を主張する」と、いいはる。「われわれ、注意するにこしたことはない。生体素材をほかの種族に譲渡する場合、そこでだいじに育てられ、将来、その種族と同権を持てることが確実でなければならない」

エリックは混乱した。さっき、クラ＝フ＝クロは、子供たちはかれにとって、生命のない物質以上には価値がないかのようにしゃべっていた。ところがいま、かれの言葉は、子供たちに対する思いやりと深く大きな責任感をあらわしている。

「それはここで約束できる」と、明言する。「契約をまとめ、それから印章船のアルマダ作業工に、きみたちとクオウォックが子供たちに関して平和裡に合意したことを知らせるよう提案する。そうすれば、クオウォックがここにくるのは確実だ」

「いや、それは順序が逆だ！」クラ＝フ＝クロが甲高い声をあげる。「乗船しているのがわたしだけでなかったら……」耳をつんざくような叫び声を発し、ジャンプした。

エリックはかわすが、スケンダーは安全な距離をとってかれの横を滑空し、開いたハッチを抜けていった。クラ＝フ＝クロが通過すると、ハッチはふたたび閉じた。

エリック・ウェイデンバーンは閉じたハッチを見つめ、かぶりを振った。

スケンダーが逃げたのだと理解する。なぜなら、船にかれだけしかいないことをうっかり洩らしてしまったから。つまり、かれが最初、エリックをたえず監視し、自動武器で見張っているといったのは嘘だったのだ。

クラ＝フ＝クロのメンタリティが典型的なら、スケンダーは恐怖ゆえにたえず石橋をたたいてわたるだけでなく、他者から恐れられる策や狡猾さをほかの生物にも用いると予測できる。

しかし、それはいまの場合、重要ではない。自分は、クオウォックとスケンダーが子供たちの譲渡確定の契約を結ぶよう気を配らなければならない。ふたつのアルマダ種族が合意すれば、アルマダ作業工はきっと介入してこないだろう。

エリックは、アルマダ牽引機にいるクオウォックのところへもどろうと決める。そして、かれらの一名をテストしたいというクラ＝フ＝クロの希望を伝えよう。船内にいるのはクラ＝フ＝クロだけなので、宇宙空間を通るまわり道はしないですむ。

自分がスケンダー船のまんなかにいることはだいたい見当がついているので、外殻に係留しているクオウォックの牽引機のところへ行くには、どの方向へ行けばいいのか、おおよそのことはわかる。では、出発だ。

しかし、百メートルも進まぬうちに、宇宙服姿のスケンダー三名に思いがけず進路をさえぎられた。はなれて浮遊する把握器官にブラスターを持ち、エリックへ向けてくる。

エリックは両手をかかげ、なにも持っていないことをしめした。

「わたしは平和裡にここにきている……クオウォックの交渉人として」

背後で異人の金切り声が聞こえ、トランスレーターが翻訳した。

「そうだ、かれだ！　かれは危険だ！」

エリックは驚いた。

宇宙服を着たスケンダー二名のあいだに立っているのはクラ＝フ＝クロだ。スケンダーの区別はできないとは思っていたが、叫び声からすると、首席生体育成者であるにちがいない。

「いまや、わたしが危険なわけはないだろう、クラ＝フ＝クロ」と、エリックはいう。

「わたしはきみたちの支配下にある」

「策を弄してもむだだ」と、クラ＝フ＝クロが答える。「わが乗員たちが上首尾の追跡のすえ、全員そろってもどってきた。捕えたクオウォックをたったいまテストしている。まもなく、クオウォックという種族がわれわれの子供たちの養育に適しているかどうかがわかるだろう」

エリックはため息をつき、

「だったら、だいじょうぶだ。クオウォックが適していたら、きみたちは、かれらに子供たちを自由意志でゆだねるということだな？」

「そのときは、子供たちはかれらのものだ」クラ＝フ＝クロが明言する。「ついてこい！　だが、目をはなさないぞ！」

度をこした用心深さについ笑ってしまう。エリック・ウェイデンバーンはスケンダーについて部屋に入った。そこでは宇宙服を脱がされたクオウォック一名が拘束されて、複雑に配置されたエレクトロン装置のなかに横たわっていた。多数のスケンダーが装置をかこんで立ち、浮遊するかれらの把握器官で処置している。コンピュータのディスプレイ上にならんだシンボル……きっと言葉や数字だろう……が、輝いていた。

「苦しくはないのか？」エリックは心配そうにたずねる。

「かれはテストを受けている」と、クラ＝フ＝クロが答える。

「どこで捕まえたのだ？」エリックはさらにきく。

「艦外作業中に」と、スケンダー。「かれはアンテナを修理していた。でなければ、われわれがクオウォックを捕まえることはできなかっただろう。なぜなら、かれらの艦はアルマダ作業工によって占領されているから」

「つまり、クオウォックが外に出てくるよう、きみたちがアンテナを壊したのだな」と、エリックが確認する。「それは、策を弄しているとはいわないのか？」

クラ＝フ＝クロが答える前に、操作していたスケンダーの一名が、テストが終わったと告げた。と同時に、捕虜が拘束を解かれた。かれが装置から出るのを二名のスケンダーが助ける。

クラ＝フ＝クロは小声で、テストを実施したスケンダーたちと話し、それからエリックのほうを向くと、

「テスト結果はポジティヴだ。クオウォックは生体素材を持って帰っていい」

「それを知ったらかれらはよろこぶだろう。ただちに伝えよう」エリックは満面の笑みを浮かべていうと、クオウォックのほうを向き、「わたしが九クオのシンに通信連絡するのを了解するか？」

「秘密にしておく理由がない」と、クオウォックが答える。

「だが、策を弄するな！」クラ＝フ＝クロが警告する。

「すべてがはっきりしたのに、なぜ、わたしがそんなことをするというのだ？」エリックが不思議そうにいう。

かれは九クオのシンと通信連絡し、スケンダーが子供たちをクオウォックの養子にすることを了承したと報告した。

「それで、かれらはその代償としてなにも要求しないのか？」九クオのシンが驚く。

「そうだ」と、エリック。「かれらには、子供たちに対する感情的な執着心はないのだ。ただし、子供たちがきみたちのところでうまくいくことだけは確認した」

「どうしてそんなことができたのか？」

「テストで。かれらは一クオウォックを捕らえ、エレクトロン装置でテストした。その結果、きみたちが生体……ええと、子供たちを引き受けていいことになったのだ。すこし奇妙に聞こえるだろうが、スケンダーはそもそも奇妙な生物のようだ」

「かれらは、われわれと同じヘリウム呼吸生物で、同じメタボリズムと自由に動かせる外部器官を持っている。かれらの子供たちは理想的なクオウォックになるだろう。われわれが《フェンリク・ゴルーン》にもどるのに問題がないよう、かれらに、養子縁組に関してアルマダ作業工に報告するよう働きかけてくれまいか」

「もちろんだとも」と、エリック。「待っていてもらえるか？」

「きみが《フェンリク・ゴルーン》へきてくれるのなら、われわれにとって大いなる名誉だ、エリック」と、遺伝学者が答える。「われわれ全員、きみにきちんとしたかたちで感謝したいと思っている」

「すぐに行く」と、エリックは感動していう。

＊

エリックはクラ＝フ＝クロからアルマダ作業工に通知するという確約を得たのち、スケンダーのテストを受けたクオウォックといっしょに出発した。

二名は船内を通過するルートをとり、十五分後にはアルマダ牽引機にたどりついた。

そこではクオウォックたちが、セラン防護服の外側ポケットをあらゆる外部器官でいっぱいにすることによって、エリックに感謝をしめしていた。自分たちのウォック……かれらはからだにある袋に似た膨らみをそう呼んでいる……のなかにあるこれらの器官を、すぐに模造することができると、かれらは断言する。

それでもエリックはかれらを説得し、このプレゼントを受けとらなかった。かれが思うに、きっと所有者からはなれたとたんに壊死する異人の器官で、なにができるというのか！　クオウォックたちが気を悪くしなかったので、ほっとした。

エリックはコンソールの前に立ち、アルマダ牽引機をスタートさせようとした。ところが、通常エンジンが充分な出力に達したことを表示装置がしめしているのに、乗り物はその場から動かない。

エリックは疑わしそうに探知スクリーンを見……突然、なにが起きたのかを認識した。かれがいないあいだに、グーン・ブロック三基が、すでにその前からスケンダー船の外殻にいたほかのグーン・ブロックにくわわっていた。それらによって、乗り物はどうやら牽引ビームで引きとめられているようだ。

「きみたちはあれが到着するのを見なかったのか？」と、クオウォックたちにいう。

「ついさっきまではいなかった」と、九クオのシン。「それはたしかだ。われわれが通信でやりとりしているあいだ、わたしは探知スクリーンをしっかり見ていたから。しかし、問題が解決したあとは見ていない」

通信装置が点灯したので、シンは把握器官をそこへやり、スイッチを入れた。

「子供たちをスケンダーに返すように!」と、ロボットがいう。

「しかし、かれらは子供たちを自由意志で養子として譲渡したのだ!」九クオのシンが大声で答える。

「それは知っています」と、ロボット。「スケンダーが連絡してきました。われわれに阻止されずにあなたたちが立ち去ることができるように、あなたたちが子供たちを返してくれたと」

「かれらはなぜ、そんなことをいったんだ?」と、エリックが叫び、トランスレーターがそれをアルマダ共通語に翻訳する。

「スケンダーは、そうしなくてもすむなら、けっして事実をいいません」と、アルマダ作業工が説明する。「この場合、なぜかれらが嘘をいったのかははっきりしています。かれらは子供たちがクオウォックの養子になることを望んでいるのです」

「だったら、なんの問題もないじゃないか」エリックは不思議そうにいう。「双方は完全に合意の上で行動している。介入の理由はない」

「合意が成立するのは双方が事実をいっている場合のみです。七クオのヌンが艦外作業中に《フェンリク・ゴルーン》から消えました。そちらにいますか?」

「わたしなら、ここにいる」スケンダーによってテストされたクオウォックがいう。

「スケンダーはあなたにテストを受けさせましたね?」と、ロボットが質問する。

七クオのヌンが肯定すると、ロボットが説明する。

「それは、スケンダーが生体素材を……かれらは自分たちの子供をそう呼びます……ほかの種族つまりクオウォックに、寄生させる目的で押しつけようとしている証拠です。かれらは百万年ほど前に、一度そういうことをしています。寄生された種族は筆舌につくしがたい悲劇のなかで破滅し、そのアルマダ部隊は一恒星に導かれるしかありませんでした。クオウォックとそのアルマダ部隊も同じような目にあうでしょう」

しばらく狼狽したような沈黙が支配した。それから、九クオのシンがいう。

「理解したと思う。スケンダーの子供たちがわれわれの支配に対して蜂起するということだな。しかし、それは今回のケースでは、なんの問題もない。いずれにせよ、かれらとその子孫がわれわれの遺産を相続することになるのだから」

「クオウォックが絶滅の危機にあることは、このあいだにわれわれも知りました」と、ロボットが答える。「あなたがたにとっては由々しきことでしょう。しかし、その前に、自制心のない異人によって意志のない奴隷になるとしたら、もっと由々しきことです。なぜなら、あなたがたには、そうなりそうな心理的要素があるから。スケンダーは、犠牲者にその傾向がある場合、目的を達成するためにあらゆる策を講じます。だからテストするのです。われわれ、そのようなことが起きるのを許しません」

「すべてはむだだったということか」九クオのシンが落胆していう。

「しかし、クオウォックはいま、スケンダーの子供たちによって自分たちがいかなる危険に脅かされるのかわかったではないか」と、エリックが口をはさむ。「だったら、そのような展開を妨げる処置をとることができる」

「そうだ、われわれ、そうするだろう」と、九クオのシン。

「たしかに、あなたがたはしかるべき処置をとるかもしれません」と、ロボットが答える。「しかし、結局はスケンダーの子供たちになにもかも骨抜きにされ、かれらを甘やかし、その望みをすべてかなえようとはげむだけでしょう。われわれはスケンダーに子供たちを迎えにいくよう命じました。そしてあなたがたにも、子供たちを返すよう命じます。われわれ、そのことをきちんとコントロールします」

「スケンダーが子供たちを引きとらない場合は？」と、エリックがたずねる。

「そのときは、かれらの船を破壊し、かれらの策に免疫のある種族に子供たちをゆだねます」

「わたしには理解できない」と、九クオのシンが不平をいう。「スケンダーはわれわれと同じヘリウム呼吸生物だし、同じメタボリズムを持ち、外部器官も使う。われわれの血縁者といってもいいくらいだ」

「精神的には、かれらは宇宙次元の深淵によって、あなたがたと分かたれています」と、アルマダ作業工が説明する。「スケンダーはいまあなたがたのところに向かっています。かれらは自分たちにとって都合のいいことをつねに知っているのです。われわれも、そちらに行きます」

数分後、アルマダ作業工が牽引機に乗りこんできた。かれらはクオウォックから子供たちをもぎとり、スケンダーにわたした。スケンダーはしぶしぶそれを受けとった。

エリックはクオウォックの痛みを感じた。かれらが自分とはきわめて異質であるにもかかわらず、目の前で演じられている悲劇に強い衝撃を受けた。もちろん、アルマダ作業工の論点は納得できるものだが、それがクオウォックの助けにならないことはわかっていた。

引きわたしが終わり、エリックはロボットたちとともにアルマダ印章船にもどらなければならないと伝えられ、しょんぼりした気分で九クオのシンやその仲間と別れた。

「ともかく、ぶじに帰れるように！」と、エリックはいう。

遺伝学者は視覚器官を袋にしまい、

「きみには感謝している、エリック。しかし、われわれは帰れない。ミッションに失敗したのだから、アルマダ部隊に顔見せできない！　わが種族にどういえばいいというのか！　《フェンリクク・ゴルーン》は今後、船内のすべての命が消えるまで、安らぎのないまま無限アルマダを横切るだろう」

エリックは顔をそむけた。自分にはなにもなぐさめられないとわかっている。

「行きましょう!」と、アルマダ作業工の代表がいい、かれの肩に触腕状アームを置く。

「わたしはどうなるのか?」と、エリックはたずねる。

「それはわたしが決めることではありません」と、ロボットが答える。「〝知恵の柱〟があなたへの判決をくだします」

「つまり、わたしは罰せられると?」

「アルマダ印章船の領域で通用する規則が必要不可欠なものだと認識させられることになるでしょう、エリック・ウェイデンバーン」と、ロボットが明言する。

12　知恵の柱

「ここで待っているように！」エリック・ウェイデンバーンをアルマダ印章船に連れてきたロボットはそういうと、飛んでいく。

　エリックは階段の巨大な平面に立ち、見捨てられたように感じていた。横や上や下で小型宇宙船や搭載艇が発着し、そのまわりに無数の異なる知性体がうごめいている。アルマダ作業工が子供たちを運びあげたり、つきそったりし、アルマダ炎を授けられたあと、ふたたび連れてくる。

　着陸する船に押しつぶされるのではないかと、一度ならず恐れた。そうなるにちがいないと、最初は思った。なぜなら、事実上、一発着場をまるまるふさいでいたから。パイロットたちは混雑した状況で操縦しなければならず、ただひとりでいる生物など目に入らないかもしれない。

　しかし、エリックはしだいに自分が、標識はないものの厳格に避けなければならないタブー領域に立っているにちがいないと理解した。自分の十五メートル以内に近づく乗り物はなかったから。

さらにしばらくすると、忘れられたのではないかと自問した。近くでは混雑しているのに、自分はそれまでになかったほど孤独で……無意味な存在であるように思われた。これ以上待ってもむだだ！　そうかれはひとりごちる。わたしは、きっと忘れられたのだ。

アルマダ印章船を去る方法はないかと探す。セラン防護服では遠くに行けないが、アルマダ牽引機を使えばできる……

その考えを中断する。帰路がわからないではないか。仲間たちの乗る輸送機へも銀河系船団へも。《ゴロ＝オ＝ソク》はアルマダ中枢への途上にあるが、アルマダ中枢がどこにあるのかは、まったく見当がつかない。いずれにせよ、ここではない。もしそうならば、輸送機でアルマダ印章船にきていただろう。さらに銀河系船団に関しては、見つかる可能性のある方角もわからない……そもそも船団がまだ存在するとしてだが。

無限アルマダの内部で自分の位置を知る可能性もない。

自分は迷い人だ。属するところもない……いずれにせよ、到達できるものはなにも。このためだったら死ねるというようなものはなかった。

悲しい気持ちでクオウォックのことを思いだす。あの存在形態とのあいだに、どれほど深くひろい隔たりがあろうとも、かれらは考え、感じる生物であり、そのおかげでエリックは生きる目標を得たのだった……結局ははたせなかったにしても。
しかし、このような偶然がくりかえされ、あらたな目標を得る確率が、どれほど低いことか？　かれはまだアルマダ炎をもらっておらず、アルマディストではない。クオウォックたちはこの不名誉を気にしなかったとはいえ、かれらもひどい窮地にあったのだ。そうでなかったなら、疑いなく事情はちがっていたろう。そのことはアルマダ印章船の前の混雑がしめしている。

小型グーン・ブロックが浮遊してきたとき、エリックは無意識に数歩あとずさった。グーン・ブロックは気にするようすもなく、さらに接近してくる。

そして、それは着陸した！

そのときようやくエリックは、牽引機がタブー領域に着陸したのだと意識した。ほんとうにここがタブー領域ならばだが！

グーン・ブロックの側面にあるエアロック・ハッチを観察した。それが開き、アルマダ作業工が出てきて、自分を、知恵の柱か、あるいはどこであれ、連れていくのをいまかいまかと待ちながら。

しかし、なにも起こらない。

そうエリック・ウェイデンバーンは考えたのだが、じつはそうではなかった。かれの内部で多くのことが起こったのだ。思考がからまって脳をよぎり、脳下垂体の反応を引き起こし、それが全内分泌系を通って伝わり……その影響であらたな思考が浮かび、やがて、ある決意にいたる。

かれはエアロック・ハッチに歩みよった。

ハッチが開き、エアロック室の照明がつく。なかに入ると、外側ハッチが背後で閉まり、内側ハッチが開く。目の前に淡く照明された短い通廊が伸びていた……突きあたりにもうひとつハッチがある。

そこまで行けば、このハッチも開くことはわかっていた。事実、そうなった。操縦室に入り、頭上にレンズ状の透明ドームを見る。目の前にはコンソールと探知スクリーンがある。

かれは両手をコンソールへ伸ばす。操作できると思ったから。しかし、それはまちがいだった。防御バリアがセンサー・パッドの上でかすかに光っている。その瞬間、探知スクリーンが明るくなった。センサー・パッド上方で動く弱い光が、それらの機能がアクティヴであることをしめしている。

グーン・ブロックがスタートした。

カタツムリの殻に似た宇宙船二隻のあいだを垂直に上昇していく。上昇するほどに眺望がきくようになる。エリックはアルマダ印章船をふたたび見て、思考し感じるすべての生物の、太古から生まれた神話の具現化のようだと、相いかわらず思った。その上部をおおっている物質雲は、宇宙のあらゆる秘密と謎でできている冠のように見えた。

エリックの視線は、階段の最上段にある巨大な門に向けられる。樽状の宇宙服を着た生物の行列がアルマダ作業工にともなわれ、ちょうど門から出てくるところだ。宇宙服の上三分の一は透明だった。それでも詳細はなにもわからず、あらゆる多彩な色の荒々しい変化を認識できたにすぎない。しかし、この生物の頭上二十センチメートルほどのところでは、アルマダ炎のエネルギー球体が輝いていて、その持ち主がアルマディストであることを告げていた。

エリックはこの光景に没頭していたので、かれのグーン・ブロックが門の高さをこえたことに最初はまったく気づかなかった。それゆえ、垂直の動きが突然とまり、アルマダ印章船に向かって水平飛行しはじめたとき、驚いた。

いや、アルマダ印章船に向かって進んでいない……いずれにせよ、その見えている部分に向かって進んでいるわけではない。

物質雲に向かって移動しているのだ！

目の前の雲がますます大きくなったとき、エリックは両手でコンソール横の手すりを握りしめた。さらなるエネルギー性の稲光が、グーン・ブロックのコンソールをまたたく青白い光のなかに浮かびあがらせ……それから、暗くなった。

テラナーは無意識に息をとめた。かれの乗り物が物質雲のなかに深く突き進み、ついにはアルマダ印章船の上の部分に衝突して粉々になるのではないかと恐れたが、グーン・ブロックが停止したというまぎれもない感覚を持った。

それから、グーン・ブロックと物質雲は消え……かれは、どこだかわからない場所にいた。

ただ、かつてここにきたことがあるということだけはわかった。空中に浮遊する金色の塵が、リズミカルでせわしない鼓動が響くたびに震える。

はっきり思いだした。しかも、今回は……当時とは対照的に……自分がだれであるのかもおぼえている。

しかし、当時はそれは現実だった。今回はかれの記憶を助けに、何者かが幻覚を生みだしたのにすぎないのだと、エリック・ウェイデンバーンは予感した。

〝知恵の柱〟か?

何物か、あるいは何者かが記憶のなかをつつきまわすことは、自分の精神に対する陵辱だと感じる。それにもかかわらず、かれはそれに対して抵抗する意志力を奮い起こさなかった。反対に、幻覚を貪欲に吸収する。自分の記憶に非常に意識的に向き合えたからだ。さもなければ、それらはかれの潜在意識のどこかで埋もれていただろう。現実の経験の記憶ではなく、まるで夢でみたことのように。

鼓動のような音が突然やんだ。

金色の塵できらきら輝く平面を走らないよう、エリックは自制しなければならなかった。自分がまだ実際にグーン・ブロックの操縦室にいるのかどうかわからなかったが、それをたしかめようとするあいだに物質雲のなかで迷子になるのではないかと恐れる。

あらゆる方向から同時に近づいてくる足音を聞いたとき、かれは唇を噛んだ。この幻覚のなかで、おのれの意識は当時以上のことがわかるのだろうか？　ひょっとしたら、あのとき話しかけてきた人物がだれであったのかわかるのだろうか？

言葉を発していないのに、エリックには当時の不思議な対話が聞こえた……自分の問いと、未知者の答えが。

「わたしはここにいる。でも、なぜ？」と、かれは問うたのだった。

「ある任務の実現を準備するためだ」と、答えが聞こえる。「それはこの宇宙の秩序にとって、また、ほかの実体ある者たちが使命を追求できるようになるという前提にとって、重要なのだ」

かれは、自分自身の声を制止するために叫んだ。なぜなら、突然に姿をあらわした記憶が、声におおいかぶさったからだ……しかも、それは自分の記憶と一致していない。

だが、そんなことをしても役にたたなかった。声は容赦なくしゃべりつづける。エリックは突然、この幻覚はほんとうの現実を再現しているのかと、自問した。自分の記憶のなかに誤りがまぎれこんでいることから、矛盾が生じたのではないか。

致命的な誤り。それがのちに、時期尚早(しょうそう)という決断がくだるきっかけとなったのだ。

〈時はまだ熟していない……おまえも未熟だ、エリック・ウェイデンバーン!〉

エリックの目が大きく見開かれた。なぜなら、意識のなかに燃えあがったその言葉は、記憶のなかにもなければ、かれが考えたものでもなかったから。

かれにかわってだれかが考えたのだ。

次の瞬間、幻覚は消えた。グーン・ブロックはふたたびアルマダ印章船に向かって飛んでいく。

ふたたび? あるいは、ずっと飛んでいたのか?

エリックにはわからない。わかるのはただ、決断がくだされたことと、それが自分自身の決断ではないということだ。

かれは不可解な宇宙の力に翻弄(ほんろう)されつづけている……

13 啓示

グーン・ブロックは巨大なエアロック門の前に着陸した。いまは閉まっている。だれも出入りしていないし、階段の上ではあらゆる動きが凍りついているように思われた。

エリック・ウェイデンバーンは門の前の円盤状のプラットフォームにアルマダ作業工一体が立っているのを見た。とりわけ大きな個体だが、その背後にあるものの前ではアリのようにちいさく見える。黒いボディにはいろいろ奇妙な物体がくっついている。水色のジャイロスコープ、橙色の円盤、グリーンや褐色の立方体、穴だらけの黄色い半球、透明な物質のなかに閉じこめられ、規則的な間隔で鋭く輝く白いクリスタルなど。

エリックには、このアルマダ作業工が自分を待っていることがわかった。遭遇を先延ばししようとしても意味がない。かれはグーン・ブロックを出て、暗銀色の平面を進み、ロボットの二メートル手前で立ちどまる。

ヘルメット・テレカムが沈黙しているので、かれはチェックする。スイッチは入っていた。それにもかかわらず、ささやき声ひとつ聞こえない。

わたしになにが起きようが、さして重要であるわけがない！

その思考を読んだかのように、アルマダ作業工が通信を介していう。

「たしかにあなたのようなケースは無比ではありません、エリック・ウェイデンバーン。が、ふつうのことでもないのです。あなたは人類最初の無限アルマダの一員だと主張していますが、あなたがここにきたのは無限アルマダを見つけるためではなく、スタックと呼んでいるなにかに向かうためだとか。これに対して、なにかいうことは？」

エリックはあの幻覚を思いだした。そしてそれが、金色の場所やよく知らないのに聞きおぼえのある声に関する、記憶内容とちがっていたことを。

「なにかがわたしの記憶を変造し、その結果、わたしは任務をまちがって解釈したのだ」と、かれはいう。「スタックは存在するが、わたしが思い描いているものとはちがう。いまならわかる、わたしはそれを理解するほどにはまだ成熟していない」

「非常に曖昧な答えです」と、ロボット。「しかし、なぜあなたがアルマダ炎を受領することになったのか、アルマダ中枢ではわかっています。まずは、あなたがいた船団を滅ぼさないといけません。なぜなら、トリイクル9を汚した力に手を貸したからです」

「それはちがう！」エリックは必死に抵抗する。「われわれがトリイクル9にやってきたのは、きみたちのあとだ。それにはなんのかかわりもない」

「あなたたちが意識せずに罪をおかした可能性はありますが、そのことはもはや重要ではありません。なぜなら、このあいだにアルマダ中枢においてべつの決定がなされたからです。あなたたちは、罪を償うために、無限アルマダに雇われることになりました。あなたたちの船団はアルマダ部隊に編入されるということ。無限アルマダから種族がしばしば脱落していくことを、あなたはクオウォックの例で体験しましたね。

　そのような喪失はできるだけ補われなければなりません。無限アルマダの使命は、トリイクル9を見つけだすことではまだ終わらないからです。われわれ、トリイクル9を敵の手から解放し、浄化し、ふたたびその本来の使命へと導かなければなりません。あなたがたも〝機能変換〟が終わったらすぐ、それに協力すべきです」

　エリックは驚いた。

「つまり、きみたちは銀河系船団を……！」銀河系船団の男女の運命を脅かすスケールを意識したとき、かれの声は詰まった。

「われわれ、あなたをテストし、あなたがたの成人メンバーで機能変換が可能かどうか調べます」アルマダ作業工は平然とつづける。「あなたがアルマダ炎を受領できるなら、あなたの船団を無限アルマダに統合することができます。統合が可能になるのは、船団の全員がアルマダ炎を持つ場合のみですから。それゆえ、あなたに重要な役割があたえられているのです、エリック・ウェイデンバーン。そうすることで、スタックを見つける望みもあるかもしれません……それがなんであれ」

「しかし、それは、まったくまちがっている！」エリックは抗議する。「どこかに重大な誤りが忍びこんでいるのに、きみたちは、それがまるで無意味なことのように無視している。それでは、誤りにあらたな誤りをつけくわえることになるだろう」

アルマダ作業工は触腕状アーム二本で合図した。

「幸運を、エリック・ウェイデンバーン！」

突然、べつのロボット二体がエリックの左右から浮遊してきた。二体はかれの手をつかむと、巨大な門に向かって引っ張っていく。

門が音もなく両側にスライドして開く……

瓦礫の騎兵

クルト・マール

登場人物

ペリー・ローダン……………………銀河系船団の最高指揮官
タウレク………………………………彼岸からきた男
ラス・ツバイ…………………………テレポーター
グッキー………………………………ネズミ＝ビーバー
ニッキ・フリッケル
ナークトル
ウィド・ヘルフリッチ
………………《ラカル・ウールヴァ》乗員。搭載艇長
ターツァレル・オプ…………………シグリド人。司令官代行
ペルティファー・クイ………………同。コミュニケーション専門家
カルサナル・ズー……………………同。《ボクリル》技師
イルクスト・ネンター………………ハルウェサン人艦隊の司令官
優位１４３……………………………サルコ＝11艦隊の司令官

1

「もう、うんともすんとも聞こえませんな」ウェイロン・ジャヴィアが、無愛想につぶやく。制服を脱ぎ捨てると、まるで、ついうっかり《バジス》司令室に迷いこんだ浮浪者のようだ。「くそいまいましいインパルスですら聞こえやしない。送信機という送信機がいっぺんにいかれてしまったみたいです」

「われわれが交信を傍受していることに、気づいたのだな」ペリー・ローダンが考えながらいう。

大型スクリーンの下端で赤いシンボルが点滅していて、映像が、探知と走査の結果つくられたコンピュータ処理の産物であることがわかる。実際には、巨大宇宙船の二重船殻の向こう側にある宇宙空間は、石炭袋の内部のように真っ黒だ。いかなる恒星光も、銀河系から三千万光年もはなれた銀河間空間の深くにまではとどかない。

ローダンの視線がその光景を追う。この数日間しばしば分析を試みたので、なにも見ずに描ける光景だ。映像のまんなかを占めている銀河系船団の光点は、わずか二万ほど。出発時には、こんな大艦隊はもう何百年も編成したことがなかったと考えたものだ。いってみれば、この二万という数は、人類およびGAVÖK同盟者は、フロストルービンの封印が二度と解かれないよう努力するという、説得力ある決意表明だった。

そしてかれらは、このスズメバチの巣のなかに押し進んできた。

銀河系船団の周囲では、何十万もの光点を有する巨大な球体がひろがっている。色とりどりのリフレックス……個々の艦の型を区別するためにコンピュータが色を変えていた……が、黒いマントに飾りつけた宝石のように輝いている。色のついた点は二十五万あり、それらはつまり無限アルマダの部隊だ。かれらの任務は、最後に解読した交信から推測するに、銀河系船団を包囲し、潰滅することにある。

包囲球はほとんど完成していた。《バジス》の現状からすると〝下〟にあたる一方向にのみ、開口部がのこされている。敵はその穴を急いでふさごうとはしていない。理由は明らかだ。開口部の向こう側にひろがっているのは、宇宙の瓦礫（がれき）フィールドなのだから。大昔に通りすぎた矮小（わいしょう）銀河の残骸と、制動物質の巨大な塊りからなる、見とおしのきかない無秩序……その奥には、〝自転する虚無〟の深い死の穴、不注意に近づくものをなんでもかんでものみこむ深淵がはじまっている。よりにもよって、その方向に逃れでようと試みるおろか者などいないと、敵側の司令官は考えている。

だが、ペリー・ローダンが放心したようにじっと見つめている映像のうち、まさに息をのむような光景は、包囲球の向こうにある宇宙空間をつらぬく無数の〝星々〟がつくりだす帯……想像を絶するスケールでつづく長蛇の列だった。つまり無限アルマダだ。その星々はほんとうは宇宙船で、膨大な数の異技術が集結した銀河のようなものであり、そこでは生物が活動している。突然、宇宙の深淵からあらわれ、目標を追っていて、人類とその同盟者たちは、やっとそのことを予感しはじめたところだ。

コンピュータが描く映像のはるかかなたはぼやけ、かすかに光る霧状の塊りになっている。そこでは個々の光点はもはや確認できない。無限アルマダを構成する艦船が何隻なのか、いまのところ正確にはわかっていないが、数百万以上はあろうとだれもが考えている。乗員の数は予測もつかず、数十億はいよう。〝無限アルマダ〟というのは、かれら自身が巨大艦隊につけた名前だ。つまりペリー・ローダンはここで、第二の究極の謎にかかわる現象と確実に遭遇したことになる。

無限アルマダはどこにはじまり、どこで終わるか？

異人たちはみずからを〝アルマディスト〟と名乗っているのだが、出自、文化、考え方、外観が異なる数千の種族で構成されている。これらの種族を結びつけ、その内的関係を数百万年にわたって維持してきた権威者を思い浮かべようと試みたが、人間の理解力では無理だった。全アルマディストに共通しているのは、三つのことだけだ。第一、フロストルービンと同義のトリイクル9が目的地である。第二、アルマディストの印章として頭上に浮遊するアルマダ炎を持つ。第三、独自の種族言語とはべつにアルマダ共通語を話す。

トリイクル9は、アルマディストにとって宗教的崇拝の対象だ。アルマダ信仰の内容については、目下のところテラナーには不明である。トリイクル9は、かつては明らかに異なる姿をしていたらしい。フロストルービンを見たアルマディストたちは、冒瀆者の手で汚されたと見てとり、銀河系船団の二万隻にいる人類と同盟者をその冒瀆者とみなした。というのも、アルマディストがトリイクル9を発見したまさにそのとき、銀河系船団が出現したからだ。アルマディストは平均的な銀河系種族とくらべても、けっして好戦的ではない。しかし、かれらにとり、崇拝対象に悪事を働いた冒瀆者は非常に忌まわしいものだったとみえ、復讐を誓ったようだ。それは、突然すべての交信がとだえる前に《バジス》が傍受した個々の通信報告から明らかだった。

嵐の前の静けさか？　ペリー・ローダンは幻想とは無縁だ。この超権力を前にして、こちらにチャンスはない。道はふたつ。交渉か逃走か。交渉に関しては、敵の好意がたよりだが、相手はあまりの優位性ゆえに和平交渉のきっかけを見せようともしない。では、逃走か？　それは破れかぶれの行為であり、奈落に落ちるかもしれない。

「すぐにも決断しなければならないぞ、テラナーよ」からかうような声がいう。

ペリー・ローダンは振り返って、指揮官席のコンソールに向かって三段あがってきた男をじっと見る。タウレクだ……明らかにふたつの健康な目があるにもかかわらず、〝ひとつ目〟と自称している。長身痩躯（そうく）のスポーツマンタイプで、よく鍛錬されたからだをし、赤錆（あかさび）色の髪を短く刈っている。そばかすだらけの顔は、少年のようで屈託のない印象をあたえる。タウレクはコスモクラートの使者を名乗っていた。だが、なんのために派遣されたのか、いおうとしない。銀河系船団の指揮をとることを主張しているが、本気で要求しているのかどうか、わからない。ローダンはその要求をはねつけた。それによってタウレクの心が揺れたようすはない。

メタリックな微光をはなつさまざまな大きさの四角いプレートを、パッチワークのようにつなぎ合わせた服を着ている。動くとそのプレートがこすれて、ささやくような音をたてる。だれかがこの上着を〝ささやき服〟と呼んだが……だれもが認めるということにはならなかった。嘲笑的な名前など、きわだった外貌を持つタウレクに似合わないから。外貌といっても、コスモクラートの使者が真の姿を見せていない状況は変わらない。背が高く、鍛えあげられた男の姿は、プロジェクション以外の何物でもなかった。

「わかっている、異人よ」ペリー・ローダンはかすかなほほえみを浮かべながら、「手遅れにならぬうちにまともなことを考えつかなかったら、あなたに助言をもとめることになるかもしれない」

「いまそうしてもかまわないが」と、タウレク。「わかっているはず。わたしに指揮権をわたすのだ。その権限は、いずれにせよ、わたしにあるのだから。そうしたらわたしは、きみたちをこの窮地から解放しよう」

ローダンは、タウレクの提案を受け入れることはしなかった。

「《ラカル・ウールヴァ》から連絡です」と、ウェイロン・ジャヴィアがいう。

ローダンは驚いて耳をそばだてる。ギャラクシス級の大型宇宙船《ラカル・ウールヴァ》はLFT第二艦隊司令官ブラッドリー・フォン・クサンテンの指揮下にある。ポルレイターのかくれ場を発見したときのM-3遠征隊の旗艦だ。

「《ラカル・ウールヴァ》がなんと？」と、きく。

「搭載艇の一女性艇長が乗船許可をもとめています」

ローダンの意識のなかで、ある予感がきざした。

「ニッキ・フリッケルではないか？」

「はい、そういう名前です」と、ウェイロン・ジャヴィア。

＊

「そのなまくらなお尻を持ちあげて、ついてきなさい」痩身（そうしん）の骨ばった女は、赤髭（あかひげ）のスプリンガーがゆったりとくつろいでいるシートを思いきり蹴りあげていった。

ナークトルはびっくりしたように女を見る。

「なんのために？　きみのプロジェクトだろう、ちがうか？」

「謙虚さは女の誉(ほま)れだ」と、甲高(かんだか)い声がいう。「彼女はわれわれと名声を分かち合いたいんだよ」

奇妙な会話にくわわった三人めは、痩(や)せこけた年齢不詳の男で、顔はのっぺりと長く、およそ古典的な顔立ちではない。骨の浮きでた腕の先にある手は、中くらいのシャベルほどの大きさだ。

「口出ししないで、ウィド・ヘルフリッチ」ニッキ・フリッケルは馬づらの男をとがめた。

「わたし抜きでは行けないぞ」と、ウィド。「わたしはきみの保護者だ。われわれは危険地帯にいるんだから」

「ペリーはきみの計画をどう思っているんだ？」ナークトルがきく。

ニッキはばかにしたような目で、がっしりした体格のスプリンガーをじろりと見た。

「わたしがハイパーカムでそのことを話したとでも思っているの？　このせっぱつまった状況からどうやって抜けだそうと考えてるか、無限アルマダに教えてやるとでも？　どうして両サイドとも通信封止していると考えてるのよ？」

ナークトルは狼狽し、

「きみのアイデアがペリーの気にいらなかった場合はどうするんだ？」

「気乗りのしない者には朝がやってこない」と、ウィド・ヘルフリッチがナークトルをやさしくわきに押しやり、でっちあげた格言をまくしたてた。「行くぞ、若いの。もっと楽観的なところを見せなきゃ」

ニッキ・フリッケルはブラッドリー・フォン・クサンテンに話をつけ、時間どおりに《バジス》にやってきた。もちろん、ウィド・ヘルフリッチもいっしょだ。クサンテンに飛行許可をあたえられたスペース＝ジェットは、三人まで乗ることができる。ニッキ自身が操縦した。ペリー・ローダンとは、M‐3での混乱のなかで会って以来、インターカムで顔を合わせただけなので、再会が楽しみだ。ポルレイターが遠征艦隊を阻むために用意した重力渦へ、ローダンが一スペース＝ジェットで突き進んださい、彼女はパイロットをつとめたのだった。

ペリー・ローダンが《ラカル・ウールヴァ》の代表団を招き入れたのは、《バジス》の主司令室の横にある小会議室だ。ローダンは男ふたりに歓迎の意をあらわし、ニッキ・フリッケルの前では立ちどまり、笑みを浮かべて見つめた。ニッキはどんな男にも好かれるというタイプではない。痩身で、髪は短く、男のような印象をあたえる。しかし、このときは一瞬、かわいらしい顔立ちに見えた。おだやかで非常に女らしく、知性のにじむ目をコケティッシュに輝かせている。

ローダンは手をさしのべ、

「ハオ・ジュー・ブー・ジエン、ニッキ」と、いった。

ニッキはどうしたらいいのかわからず、まわりを見まわし、ナークトルを見た。テラの歴史や人類の習慣に関する詳細な見識で聞く者を驚かせるナークトルが、

「古い中国のいいまわしで……しばらくぶりだねってことだよ」と、説明した。

ニッキは混乱したようにほほえみ、

「はい、ほんとですね」

「中国語の慣用表現を聞くためにきたのではなかったな」ローダンは助け舟を出し、

「で、どうした？」

＊

ラス・ツバイは、《バジス》の現ポジションから二光分のところにある仮のポイントにねらいをさだめ、いっしんに目前の課題に集中した。テレポーテーションのパラ物理的プロセスを効果的に実行するには、すくなくとも輪郭を持ったイメージで目標を意識する必要がある。虚無のまっただなかの、完全な暗闇が支配する場所を思い描くのはむずかしい。

ジャンプする。

暗闇につつみこまれた。重いセラン防護服のジャイロスコープとグラヴォ・パックが自動で動きだし、まったく光が通らない暗闇のなかにいるかれに、正しい位置感覚をあたえる。《バジス》は背中側、アルマディストの包囲球は下方にあると。

「聞こえるか」と、ラス・ツバイ。

「聞こえるよ」と、グッキーの声。

「わたしにも聞こえる」フェルマー・ロイドだ。「もどってこい」

そのあとすぐ、ラス・ツバイは、さっき出発したところで実体化した。ネズミ＝ビーバーがかれを見あげる。グッキーがすわるデータ装置では、スクリーン上に計算結果がどんどん表示されはじめていた。フェルマー・ロイドは《バジス》の反対側にいる。かれらは三角測量をしていた……距離を確定するのに大昔からある測量法だが、いまなお信頼性の高い手法である。

「どんなぐあいだ？」黒い肌のテレポーターがきいた。

グッキーはかぶりを振り、

「だめだね」と、答える。「あんたが行ったのはたった九十光秒だった」

インターカムのスクリーンに、フェルマー・ロイドの角張った顔があらわれた。フェルマーはイルトの最後の言葉を耳にし、

「厳密にいうなら、八十九光秒だ」と、いう。「自分のやったことに自信があるか、ラス？　二光分先をめざしたか？」

「取り決めどおりに」

テレパスは不機嫌に額にしわをよせ、

「だったらもう疑問の余地はない」と、つぶやくようにいう。「かれらはプシオン性のバリケードを構築したんだ。こちらの陣営にミュータントがいることを嗅ぎつけ、それに対して防護しようと試みた。かれらの思考がまるで認識できなくなったわけだ」

「つまり前提として、かれらが根本的に、われわれ以上にパラプシ物理学に精通しているということだな」ラス・ツバイが注意を喚起する。

「それって、あんたには思いがけないこと？」と、イルト。

「復帰ジャンプはなんなくできたのだが」ラスはかたくなにいう。

「だってそれは、あんたが距離を特定したわけじゃなくて、よく知ってる場所に集中したからだよ」と、グッキーがいう。

「それに」フェルマー・ロイドがくわわる。「バリケードがほかの方向とくらべて一方向にだけ透過性が低い可能性もある」

ラスはまだ納得していない。

「わたしがもっと先まで移動しようとしたら、きみたちの考えでは、なにが起きる？」

「同じ距離をジャンプしようとしても、行ける距離がだんだん短くなって、しまいには完全に動けなくなるんじゃない？」と、グッキーが仮説をいう。「そんな実験に手を出しちゃいけないけどね」

「想像がつかない……」ラスは話しはじめたが中断し、それからあらたな考えにとらわれる。「包囲球は、どれくらいはなれている？」

イルトは簡潔な指示でデータ装置に問い合わせると、

「正確にはわかんない。アルマディストはしょっちゅうポジション変更してるからさ。目下の包囲網の直径がどれくらいかというと……ええと……せいぜい三光時かな」

「どれほどだって？」ラスがいらいらとたずねる。「太陽系と比較してくれ」

「それは……」グッキーが暗算に集中する。「《バジス》と銀河系船団が太陽のポジションにいるとして、アルマディストたちの艦がいるのは土星軌道の最外縁部かな。だいたいそんなとこ。ただし、かれらが形成してるのはリングじゃなくて、球体だけど」

「ということは、アルマダ部隊ははなればなれなんだな」テレポーターが勝ち誇ったように口をはさむ。

「そうはいっても、二十五万だかんね」と、ネズミ＝ビーバー。「だけどまあ、これほどの広範囲に配置されていれば……うん、そういえなくもないな」

「太陽から土星軌道までの直径を持った球体表面に二十五万隻のアルマダ艦を配置し、

球体内部全体を対超能力フィールドで安定的に満たせるわけがない」ラス・ツバイは、予言者のようにおどろおどろしい声でいう。「隙間があるはずだ……あるいは、フィールドの力が、ほかより弱まる時間帯が」

「ありうるな」フェルマー・ロイドが淡々という。「だが、それをたしかめるのに充分な時間がわれわれにのこされているとは思わない」

「やろうじゃないか」ラス・ツバイはいう。その声には独自の決意があった。

＊

ニッキ・フリッケルは有能な宙航士だが、外交能力はない。心のおもむくままに考えをまくしたてる。勢いに満ち、言葉のはしばしに誠実な熱意が感じられるが、客観的熟慮を重ねておらず、それだけでローダンを納得させるようなカリスマ性はない。

ローダンが最初に浮かべていた笑みは、とっくに消えていた。ニッキが、あらゆる方面から攻撃をしかけることで二万隻をこえるアルマダ部隊を混乱におとしいれる方法を、われを忘れて声高にまくしたてたとき、ローダンは片手をあげ、自分のいうことを聞くよううながした。

「ニッキ」と、真剣な面持ちでいう。「熱意だけではなにもできない。岩塊をかんたんに戦闘艦に転用することはできないのだ。瓦礫フィールドへの撤退が利点となるかどうかは残骸片の位置関係に左右されるし、要員をアルマダ艦の外殻に着地させるというのも……」ローダンは悲しげにかぶりを振り、「きみの熱心さは理解するが……」

「ちょっと待ってください！」ニッキの勢いは、いささかの衰えもない。「わたしがすべて即席で考えたのだと思っていますね。そうじゃなくて……どれほどの時間をかけてシミュレーションしたことか。なにもかも厳密に計算したといいませんでしたか？」

「いや、きみはそうはいっていない」ナークトルが彼女にいう。

「なんてこと。きっとみなさん、わたしが理性を失ったと思ってるんでしょう」ニッキはささやき、幅広のベルトのホルダーに手をやってちっぽけなデータキューブをとりだすと、それをペリー・ローダンに手わたす。「ここにすべて記録されています」

ローダンは驚いたような目つきでそのキューブを見つめ、

「シミュレーションだと？」と、たずねる。「包囲艦隊が常時ポジションを変えているのに、どうやってシミュレーションできるというのだ？」

「かれらはいきあたりばったりにポジションを変えているわけではありません！」と、ニッキは顔を輝かせる。「認識可能なパターンにしたがって動いているんです」

「それを見つけだしたのか？」

「ひとりでやったわけではありません。アーネスト・ブリーベスカの助力がなければ、わたしはまだ作業を終えていないはずです。でも、時間がないことはわかってましたから、専門知識のある者にサポートをたのんだのです」

アーネスト・ブリーベスカは百九十歳、以前は《ダン・ピコット》の搭乗天文学者だったが、現在は《ラカル・ウールヴァ》で同じ職についている。ローダンはちいさなキューブを受けとった。

「ニッキ、このデータをさっそく確認させてもらう」そのいい方には、すこしあらたまった響きがあった。「正しいと証明されれば……」手ではらうようなしぐさをして発言を中断し、「いまはやめておこう。一時間後に、検証結果が出る。ブラッドリー・フォン・クサンテンはきみたちにそんなに長い休憩時間をくれたか?」

「いつまでとはいわれていません」ウィド・ヘルフリッチがようやく話す機会を得た。

「かれに連絡しておく」と、ローダンはうなずき、「《バジス》の勝手はわかっているな。くつろいでくれ。だが、呼び出しをかけたときはすぐこられるように」

《バジス》の娯楽室を歩きまわっても、これといって得るものもない。ローダンが見積もったデータ検証時間は多めで、四十分後にはもう、談話室にいた《ラカル・ウールヴァ》の乗員三名に、船内放送で呼び出しがかかった。なにか劇的なことが起きたのだと、すぐにわかった。ペリー・ローダンは、《バジス》船長ウェイロン・ジャヴィアと最高命令権者のロワ・ダントンをともなってあらわれたのだから。

「なかなか面倒なルーチンワークだった」と、ローダンは笑いながら、「だが、最初のポジティヴな結果があらわれてからは、専門家たちも熱が入った。ニッキ、われわれ全員から祝福を述べる。こんなにみごとな作戦計画には、めったにお目にかかれない」

「では、計画は遂行できますか？」

「リスクがないわけではないが、これは目下のところ最善だ」

「では……」

「きみは参加を望むか？」

「三人とも参加したいです」だれかに横やりを入れられる前に、ウィド・ヘルフリッチが答えた。

「壮大な計画だ」ローダンは先をつづける。「しかも、われわれにとって焦眉の急である。われわれ、アルマディストの沈黙をいい兆しだと考えている。最終的にこちらを攻撃あるいは潰滅するとの決定がなされれば、躊躇などしていないだろう。したがって、急がなければ。準備作業を遂行する先遣コマンドが必要だ。やってくれるか、ニッキ？」

ニッキ・フリッケルを表面的にしか知らない者は、彼女を〝すれっからし〟とみなしている。しかし、この瞬間、彼女の顔は誇らしげに紅潮した。とはいっても、ほんの一瞬のことにすぎず、すぐにまた自制したが。

「はい」と、簡潔に、「命令権を持つのはどなたですか？」

「アトランだ。かれにはもう通達してある」

ニッキは同行のふたりとともに《バジス》にさらに数時間とどまり、ローダン、ダントン、ジャヴィアと計画の詳細を協議した。それから三人は指揮船を辞し、《ラカル・ウールヴァ》へともどっていった。

・

2

ジェルシゲール・アンが逮捕拘禁され、その後すぐひそかに艦を脱出して以来、《ボクリル》艦内の雰囲気は変わった。口やかましく短気な老司令官のやり方は、シグリド人乗員の日常に緊張と変化をもたらしていたのだった……アンのかたい殻の下に柔らかい本質がかくされているのを、知らない者はほとんどいないのだが。

それが変わってしまった。ターツァレル・オプはルールブックにしたがって指揮をとる。軍事官僚だからだ。かれは、叱ったり、大声をあげたり、褒めたり、笑ったりする必要を感じなかった。各人がおのれの義務をはたす、それ以上でもそれ以下でもない。

ただしひとつだけ、ターツァレル・オプの官僚精神を刺激するものがあった。敵の船団を大きな球体でかこんでいる包囲艦隊には、公式の命令権者がいない。アルマダ中枢においては、そのようなことはどうでもいいようだ。包囲艦隊は数日前から、敵をどう攻めるべきかという作戦命令を待っているのだが、これまたどうでもいいらしい。最後の指示は、侵略者を滅ぼすべしというものだった。しかし、それ以降、オルドバン……

伝説によれば、アルマダ中枢にいて巨大艦隊を指揮している謎の存在……からはなんの情報もない。

ターツァレル・オプにとり、決定がないままの宙ぶらりんの状況にはもう耐えられない、というふりをするのはかんたんだった。不確実さが心底いやな性分なのだ、ということにすればいい。だが実際には、規律好きであることをべつにすれば、包囲艦隊を組織している四つのアルマダ部隊の全権委任された命令権者にオプがなろうと決断したさい、決定的な要因となったのは功名心だった。《ボクリル》で状況を話し合おうと、ほかの三部隊の司令官に呼びかけた。しかし、出席したのはハルウェサン人のイルクスト・ネンター一名だけで、大きな失望を味わう。中央後部領域・側部三十四セクターのアルマダ第五八九一部隊司令官だ。〝名なし〟たちはそもそもオプの呼びかけに反応せず、数の上で優勢なサルコ＝一一のアルマダ第四四部隊司令官である〝優位１４３〟はメッセージをよこした。そこから読みとれたのは、かれが、ターツァレル・オプの全権を認めるよりむしろ、オプが背中の瘤（こぶ）を朝食にたいらげるのを見てみたいと思っていることだった……そんなことをしたら、いかなるシグリド人も生きのびられないのだが。

ハルウェサン人が抵抗をしめさず譲歩したのは、かなり驚きだった……ともかく、かれらの部隊はシグリド人より二万隻ほど数が多いのだから。その件に関する、イルクスト・ネンターの返答はこうだった。

「この大所帯をだれがひきいようが、どうでもいい。重要なのは、異人の冒瀆者たちをたっぷりと懲らしめてやることだ」

冒瀆者というのは、無限アルマダの四部隊で包囲している未知船団の要員だ。その者たちのせいでトリイクル9が悲惨な状況になったのは、アルマディストにとって疑問の余地がない。

オプは自分の目的がやすやすと達成できるとは思っていなかった。かれは官僚的ではあるけれど、ばかではない。ほかの司令官たちが自分の権力欲とぶつかることは、最初から計算できている。そこで緊急会議を招集し、アルマディスト間のコミュニケーション専門家であるペルティファー・クイ、研究所所長のウネモル・レン、《ボクリル》艦内技師のカルサナル・ズーを呼んだ。武器専門家のナリトル・タイも呼びたかったのだが、自分とタイが親密な関係にあることが噂になっていたので、愛人を重要な役割につけるという印象を呼び起こしたくはなかった。ペルティファー・クイとウネモル・レンはオプに心服しているが、カルサナル・ズーだけはジェルシゲール・アンの信奉者で、かれには手を焼かされることになるかもしれない。

「次のステップを議論するために、きてもらった」オプが会議をはじめた。出席者の頭上には、こぶしくらいの大きさの、むらさき色に光るアルマダ炎が浮遊している。

「どうしてだ？　アルマダ中枢から命令があったのか？」ズーが即座に質問した。

オプは否定のしぐさをし、

「そういうことはない。だが、サルコ＝一一がわたしの指揮権要求を拒絶し、名なしたちはいまにいたるもなにもいってこない」

ズーは黒い目の間隔をせばめながら見つめると、

「名なしたちがなにかいってくることはまずないだろう」と、いい、「だが、なぜ指揮権を主張するのをやめて、オルドバンから指示があるまで待てないのか？」


オプは、憤慨するように、顎をぐっと前方へ押しだし、発話漏斗から言葉を発する。

「いまになってもアルマダ中枢からなにもいってこないのは、われわれが自分の責任で行動すべきだと、オルドバンが考えているとしか思えない」


会話はアルマダ共通語でおこなわれている。オプが主張したのだ、自分が開く会議ではアルマダの公式言語を使用すると。

「そういうばかげた話、わたしは長い人生において聞いたことがない」と、ズーはむきになって、「オルドバンが望むのは……」

「ここで討議されるのは、オルドバンがなにを望むかではない」ウネモル・レンがはげしく論じ返す。オプが鋭い視線でレンに反駁するようながしたのを、ズーは見逃さなかった。「オプの主張を、名なしたちとサルコ＝一一に納得させるというのがテーマだ。わたしは、名なしたちの説得を試みるのがいいと思う」

カルサナル・ズーは、水疱状の皮膚でおおわれた背中の隆起を引っかいた。瘤とも呼ばれるこの隆起は生体貯蔵庫で、シグリド人はそのなかに余剰栄養素を保存している。そのおかげで、かれらは長期の餓えと渇きを苦もなく切り抜けることができる。ズーは、この会議で自分の意見を通せないのはわかっていた。オプ、クイ、レンは結託しているのだから。きっと会議のリハーサルもしただろう。かれが努力しても無意味だ。

ズーはシートにもたれかかり、さも退屈そうに、

「よかろう……で、きみたちはなにをやろうというのか？」

「わたしも、レンの提案がいいと思う」コミュニケーション専門家のクイが発言する。小柄で、知性がある。皮膚を構成している水疱を、長いすべての手足にいたるまで入念に手入れしていた……ふつうよりも教養があるとみなされるシグリド人が熱中する趣味だ。「名なしたちがもっとも説得しやすいから」

「賛成だ」と、オプはいい、形式的にいいそえる。「きみはどう思う、ズー？」

ズーの漏斗状の口から、苦々しく軽蔑的な笑いがもれる。

「たしかに、サルコ＝一一が相手だったら、見こみはないからな。きみがその瘤を食べつくしたあとでようやく、きみに気づくのが関の山だろう」

「なぜ、それを知っているのか？」オプはいきりたった。いまのいままで、屈辱的な交信内容はだれにも知られていないと考えていたのに。

ズーが無言で手をあげて制止する。会議は議決に向かう。名なしたちとの会話はかんたんではないので、コミュニケーション専門家のクイがオプに同行することになった。さらにオプは、歴戦のシグリド人八十名に加勢させるようにする。

「わたしの不在中、《ボクリル》および艦隊の指揮はウネモル・レンがとる」と、ターツァレル・オプ。

カルサナル・ズーは顔をゆがめた。頭蓋の水疱のあいだにある聴覚突起をまっすぐ伸ばし、

「きみに次ぐ、艦隊第二の地位にいるメンバーはわたしだ」と、オプにいう。「睡眠ブイで眠っている者をべつにすればだが」

「そうかもしれないが」オプが鋭くいう。「きみはジェルシゲール・アンと親しい。きみまでアルマダ作業工に逮捕され、拘禁されることを考えないわけにはいかない。わたしが長期で不在になる場合、部隊と艦の安定性がもとめられるからな」

ズーはどうでもいいというしぐさをする。

「かまわない」と、うなるようにいう。「これ以上の責任を負わされたくはない」

＊

〝かれ〟は一個体である。

いや……たくさんいるなかの一個体ではなく、ひとつの一個体だ。

自分を一個体と理解しているけれども、自分の神経単位接合がどこで終わるのかはわかっている。そこで分離が引き起こされ、共同体からはなれて単独で行動できるのだ。だが、その能力を使わずにすんでいる日々がうれしい。単独行動は快適ではない。かれらは一個体であり、自分はその一部分なのだから。

人はかれを名なし〝たち〟と呼ぶ。これは矛盾している。たんに〝名なし〟と呼ばなければならないだろう。かれには呼び方はなんの意味もなさない。名前というものがなんなのか知らないのだから。だがある日、情報索がデータを伝えてきた。他者たちが名前を使うのは、たがいを区別するためだという。ばかげている。なぜ、区別したがるのか？

かれは、じゃまされないかぎり幸せだし、満足だ。自分が入っている容器をなにものがつくったのかおぼえていないし、それが容器であることもほとんど知らない。なぜなら、外になにがあろうと気にしないから。ただ、ひとつの感情だけは目ざめている。とっくの昔に失われ、ふたたび見つけなくてはならない、聖なるものへの憧憬だ。それが見つかったことを、かれが知るはずがあろうか？　そのために他者たちがいるのだ。かれは一日じゅう、装置を観察し、暗闇を見つめつづける以外のことはしない。時がくれば、知ることになるだろう。

最近、若干のインパルスが情報索から伝わって、聖なるものがたしかに発見されたことが推測できた。トリイクル9と呼ばなければならないだろう……もし、他者たちと思考や印象を伝え合うことを強いられるのであれば。かれは、そういう交流を好まない。むしろ一個体でいたい。

インパルスは事前警告だった。目前に迫った不穏な時に対する注意をうながすものだ。実際、数日後にはもう容器のなかに、他者たちの一名があらわれ、話しはじめた。かれ……一個体が返答するしかなくなるまで、やめなかった。

他者たちのもとで、諍いがはじまったようだ。聖なるものをめぐってではなかったので、かれは興味を持たなかった。他者たちは、べつの者たちに対する戦いの指揮をだれがとるべきかわからなくて、意見が一致しないのだ。なんとおろかな！　なぜ、戦争においてだれかが主導権を握ることをもとめるのか？

しかし、ある他者が魅力的な申し出をした。甘美な〝ナアル〟を調達し、かれが根を張っている大地を潤そうというのだ。これにはあらがうことができない。ナアルは非常にまれにしか得られないものだから。だが、見返りはなにか？　その多弁の者は、戦争での命令権を要求した。かれは支持をもとめられた。

かれは承諾し、ナアルがもたらされた。そのとたん、かれはこの恩恵に対して声をあげたい気持ちになった。容器内のいたるところにとりつけられた醜悪な装置を使えば、他者たちと話ができるのだ。向こうはかれの本性を理解せず、かれのほうはあちらの社会をうらやましいとも思わないが。

ひとすくいの甘美なナアルを得るためなら、かれはなんだってやる!

＊

「ここは臭い、いまいましい」ペルティファー・クイがいう。いつもの上品ぶったいい方ではない。

うしろからターツァレル・オプと同行者八十名がくる。かれらは結合部にイモムシに似た膨らみのある、薄褐色の合成素材製の軽宇宙服を着用していた。半球形の透明ヘルメットの上方二十センチメートルのところに、アルマダ炎が浮遊している。炎はこぶしほどの大きさの、純粋エネルギーによるむらさき色に輝く形成物であり、アルマディストの資格をあらわしている。無限アルマダに所属するだれもが……どの種族であっても……からだのもっとも高い部位の上、二十センチメートルのところにむらさき色の炎をいただいている。

いまヘルメットを開けているのはペルティファー・クイだけだ。かれは顔をしかめ、たいらで判別しがたい鼻にしわをよせていた。表情からすると、悪臭がほんとうにひどいにちがいない。

シグリド人が乗ってきた大型艇は、外側エアロック室に係留されている。名なしたちの巨大船は半時間前に、遍在する暗闇から亡霊のようにあらわれた。直径六百メートル、厚さ二百メートルのリング状で、下に浅いドームがある。リングの上からは、まったく規則性が感じられない構造体が伸びている。塔に似ていなくもない。リング外側には船の推進力をになう直方体のグーン・ブロックがついている。

ターツァレル・オプは不気味な構造体を一瞥し、すぐに不快に感じた。名なしたちについて、なにを知っているというのか？　かれらは共同体生物で、船ごとに一単位をなす。どの共同体単位も個々の部分に分かれる能力を持つ。しかし、それは噂にすぎないのかもしれない。そういうプロセスを見た者はいないのだから。厚みのあるリングの内部に居住空間があり、下に張りだしたドームに名なしたちの故郷惑星の環境条件を模倣した人工風景があることを、オプは知っていた。そこで共同体生物と交渉しなければならないと考えると、身震いがはしる。ゆがんで突きでた塔には操縦・制御装置や通信設備があるのだが、そこならまだしも、居心地は悪くないかもしれない。しかし、名なしたちはそこでは話さない。

エアロックはコード命令により、なんの問題もなく開いた。エアロック室は外側も内側も空で、なかになにもない。名なしたちは、リング船以外には乗り物を所持していないのだ……搭載艇も、小型機も、フェリーも。エアロック室は訪問者を迎えるためのものだった。

シグリド人のアーカイヴ情報によれば、この船はアルマダ部隊の名なしたちがもっとも重要とみなしている船だ。その〝乗員〟をターツァレル・オプが説得して、かれのリーダーシップの主張を認めさせることができれば、総計三万隻の船にいるすべての名なしたちを味方につけられるというもの。情報が正確だといいのだが。名なしたちとの交渉をできるかぎりすみやかにすませ、二度とかれらの船のなかには足を踏み入れたくないと、オプは思った。

「ヘルメットを開けるといい」と、ペルティファー・クイ。「空気は暖かく湿っている、悪臭に満ちてはいるがね。それでも呼吸できる」

オプはしぶしぶながら、すすめにしたがった。息づまるように暑くてむっとした湿気が押しよせる。空気を吸ったほんの短いあいだに、有機物が分解されて腐敗したような、不快で甘ったるいにおいをとらえた。吐き気を感じたが、最初のショックはすぐに消え、肺が暑くて湿った混合気体に慣れはじめ、鼻は悪臭を容認しはじめた。

クイはエアロック室のいちばん奥にたどりついていた。ハッチがかれの前で開く。オプは、華奢(きゃしゃ)なコミュニケーション専門家の肩ごしに見えた光景に身震いした。

幅ひろく長い通廊がゆるい斜度でくだっている。共同体生物のいる下部ドームに通じているのは疑いない。通廊はトンネルの形状をしていた。言葉ではいいあらわせないほど異質な熱帯ジャングルの風景を通り抜ける。トンネルのもともとの壁はどこにも見えず、成長しつづける植物でおおいつくされている。床は湿った土と腐敗した植物が混じり、ぬかるんでいた。上方からの乳白色の明かりが、大小の枝、蔓植物、コケ、キノコや地衣類がからみ合ったトンネルをぼんやりと照らしていた。この薄暗さに慣れるのは、シグリド人の目にはむずかしかった。

ペルティファー・クイは、これまでの生涯で名なしたちと交渉する以外のことはしたことがないかのように、勇敢に進んだ。ターツァレル・オプが慎重にそのあとにつづき、一歩進むごとに柔らかい地面をたしかめる。さらにうしろから八十名の戦士がつづいた。かれらの役目は、オプを守ることだ。

ハッチが背後で閉じる。オプは、よく知っている環境から遮断されたように感じた。罠にはまったような気がする。急ぎ足で数歩進んでクイに追いつき、肩をつかむと、「聞いてくれ」と、植物に盗み聞きされるのを恐れるかのよう、耳打ちする。「アルマダ炎がどこにも見あたらない。名なしたちがアルマディストの印を身につけないのは、いったいどういうわけだ？」

クイがわからないといった身振りをし、

「気にしなくちゃならないことなのか？」と、つぶやくようにいう。「炎は、下方ドームのどこか中央にでも浮遊しているのではないか」

うしろで叫び声がしたので、オプは振り返った。上半身の水疱状皮膚のあいだのくぼみから汗が吹きでる。トンネルがかれの背後で壁によって閉じられたのを確認し、驚きのあまり身をすくめた。蔓植物がびっしり生えていて通り抜けられない壁は、ほんの数秒のあいだに生じたにちがいなかった。壁の向こう側から、興奮と不安の混じった戦士たちの叫び声が聞こえる。オプがクイに急いで追いついたとき、かれらから数十歩ほど先に進んでいた。この状況を植物生命体が利用して壁をつくり、オプを防御者たちから引きはなしたことになる。

オプはパニックと戦い、武器を握る。しかし、クイがそれをとめた。

「ばかなことをするな」と、腹をたてて、「あそこを見るのだ!」

オプの視線は伸ばされた腕を追った。驚いたことに、むらさき色に輝くアルマダ炎がふたつ、トンネルの奥からゆったりと浮遊してくるではないか。かれの左側の植物のカーテンが動きだす。小枝や蔓植物がわきへはなれ、グレイの繭のようなものがふたつ、あらわになった。風変わりなキノコの菌糸のように、太ももくらいの蔓植物からぶらさがっている。その繭のほうへとふたつのアルマダ炎は進んでいき、菌糸が蔓から増殖している場所の二十センチメートルほど上方で動きをとめた。

ひとつの繭から糸状の触手が、植物に巻きつくように上へ伸び、蔓にある平たいドーム状のまるみにいたり、くねくね動いた。オプはびっくりする思いで、植物の幹からちいさな装置が出てくるのを見た……見まちがいでなければ、スピーカーだ。

そのあいだにふたつめの繭もやはり触手を形成し、それを使って隣りの個体とコンタクトを確立する。スピーカーからいきなり、平坦な機械音声が鳴りひびいたので、ターツァレル・オプはぎくりとした。声はアルマダ共通語で、

「なんの用だ？」と、きいてくる。

「交渉したい」この邂逅のために念入りに準備してきたオプは答えた。

「いかなる役割の者と交渉したいのか？」

「指揮官と」

「なぜ、あんなに大勢できたのか？」

「わたしは……われわれは……もしここに危険があった場合、あの者たちがわたしを助けなければならないからだ」とても外交的とはいえない発言だが、ターツァレル・オプは、説得力のある言い逃れを思いつかなかった場合には、真実をいうことにしている。

「ここに危険はない」スピーカーの声が答えた。オプは、どっちの繭が話しかけているのか、まるで見当がつかない……ひょっとすると双方が交替で話しているのかもしれない。「きみがいうあの者たちは、のこる。ここから先はきみたちふたりだけだ」

オプは反論したかったが、クイに腕をつかまれ、注意をうながされた。ふたつのアルマダ炎がまた動きだしている。トンネル内を滑るように下方ドームの方向へと移動し、

見えにくくなっていき、とうとうしまいには暗闇に消えた。オプはびっくりしてふたつの繭を見あげて、

「これはどういうことだ？」と、きく。

驚いたことに、ふたつの触手はもうなくなっている。ちいさなスピーカーの痕跡もない。植物の蔓にできた瘤の上に、緑の木がアーチ状にかかっているだけだ。

「アルマディストの身分を失ったのだ」菌糸生物のかわりにペルティファー・クイが答えた。「かれらは、もうきみとは話せない」

「で、これからなにが起きるのだ？」ターツァレル・オプはとほうにくれた。

「先に進む」クイが簡潔に、「ほかにどんな道があると？」

＊

〝かれ〟は、共生根を通って流れこんでくる栄養物質の微妙なちがいにすぐに気づき、任務が準備されたのだと知って、その認識を冷静に受け入れた。このようなことはときどき起こる。統計学のやり方では的確に理解できないメカニズムで、選択がなされるのだ。かれは……自明のことだが、一時的に……ある役割をはたすのだろう。交渉者の役割を引き受けることになったと、情報索を通じてデータが送られてきた。他者たちが容器のなか深くに入りこんできて、かれと交渉したがっているという。情報索が運んでき

た情報によって、交渉というものの意味も知った。交渉とは、双方が要求を提示して、たいていの場合は意見交換に努力を重ねた結果、それぞれが他方にいかほどのものをあたえるかの一致点を見つけること。

かれがその役割を本格的にはじめる前に、まだすこし時間があった。学び、任務の準備をするための時間だ。情報索はあらたな状況にそなえ、かれが望むデータを優先的にあたえた。

役割を引き受けることで、かれは一時的に全体から分離し、はっきり独立した個となる。ただ、それが可能になるのはアルマディストの印章を使える場合のみだ。かれは情報索を介して要求を出した。〝火の洞窟〟で、大きなアルマダ炎からふたつの炎が分離し、かれがいる方向に動きだす。要求を出して数分後に、ふたたびかれは情報索を介して、炎が移動中だと知らされた。

準備はこれで終わり、かれはすべての情報を得た。これで目的意識を持って他者たちと交渉できるというもの。いかなる要求を提示されても……対価は甘美なナアルだ。

さ、くるがいい。準備はととのった。

3

〝人間宙雷〟と、だれかが名づけた。ブラックユーモアが生みだしたさらにべつの名称は〝外側エンジンつきの爆弾〟だ。ニッキ・フリッケルは、彼女の爆弾の〝機首〟にあるコクピットに腹ばいになり、燃えるような目つきで、奇妙な乗り物に大急ぎでとりつけられたわずかばかりの計測機器の表示を見つめている。

爆弾はパイプ状をしていて、両端がまるみを帯びていた。尾部には、旧式の粒子エンジンが設置されている。そのまわりには、環状に、飛行姿勢をコントロールする制御ノズルがある。パイプの長さは十二メートル、直径は一メートルたらずだ。前方の二メートルが操縦装置で、ごくかぎられた器具一式がある。後方には装備品やら技術材料が詰めこまれている。

そういうパイプが二百本、この瞬間に移動中なのだ。それには、ニッキの指揮下にある先遣コマンドが乗りこんでいる。飛行は八時間の予定……包囲艦隊の観察者が不審に思った場合は、もっと長くかかるだろう。二百本のパイプは数分前に、スター級巡洋艦の一部隊のエアロックから放出され、宇宙の瓦礫フィールドの方向に直線コースで進んでいる。スター級部隊の任務はふたつあった。第一。パイプのパイロットたちを放出する前に、できるだけ目標地近くまで連れていくこと。第二。敵の目をかれらからそらすこと。パイプのエンジンは弱く、探知されにくいが、それでもニッキは巡洋艦部隊にアルマディストの目をそらすよう要請したのだった。包囲艦隊の探知者に、宇宙空間のかろうじて認識できるかどうかのインパルスにしろ、確実に見逃してほしかったから。

ニッキは、探知装置の小スクリーン上で、スター級部隊の行動を追う。巡洋艦は銀河系船団のポジションから、まずは瓦礫フィールドに向けて突き進んでいる。つまり、包囲艦隊の司令官たちが閉じる必要はないと考えている開口部の方角に向けて、最大価で加速しているわけだ。突破の試みだという印象を敵にいだかせるのに成功する。スター級部隊を捕らえようと、二千隻あまりのアルマダ艦が動きだした。

しかし、行程の三分の二を進んだところで、巡洋艦は突然、急制動をかけ方向転換する。その直前に二百本のパイプを放出。それから二あるいは三部隊にわかれて包囲艦隊内周部を飛行する。アルマディストは、こちらがかれらの態度を調べようとしているという印象をいだくにちがいない。スター級部隊は、砲火を浴びせられるまで異艦隊に接近してから方向転換して、べつのところへ突き進む。開口部を突破して瓦礫フィールドに行こうとする巡洋艦を捕らえようとしていたアルマダ艦二千隻は、とっくに方向転換し、もとのポジションにもどった。スター級部隊の起こした魔法が、ニッキの考えにしたがって、二百本のパイプを目的地まで安全に護衛したのだ。

ほかのパイプに関しては、ニッキの探知スクリーンではなにも見えない。エンジン出力が弱いため、リフレックスが生じないのだ。スタート時は混乱もあったが、各機は正確に目標……コンピュータが規模と軌道データをもとに、使えると選択した宇宙の瓦礫塊……を定めている。目標近辺でパイプは百八十度転回し、尾部を着地点に向けなければならない。問題は、ミスのない軟着陸ができるかどうかだが、それはパイロットのスキルにまかされている。〝外側エンジンつきの爆弾〟に自動操縦機能はないのだから。

セラン防護服を着用したままパイプ内を動くのは、ニッキには容易なことではなかった。最初こそ快適に思われたが、時間の経過とともに頭が重くなってきた。グラヴォ・パックを操作して局所的に重力フィールドを発生させる。これで頭が支えられた。ようやくラジオカムのスイッチを入れる。

「外のようすはどう？」声をややひそめてきく。「わたしの声が聞こえる？　みんな、正しいコースに乗ってる？　困っている者はいない？」

返答がいくつかあった。小型電磁送信機の到達距離は、数千キロメートルほどしかない。もっと強力なのは持ってこなかった。それを使うと、ここで進行していることを無限アルマダに見抜かれてしまう恐れがあるから。

「困っているのはわたしだ」スプリンガーのナークトルだった。「出発前に腹ごしらえするのを忘れたもので、ぐうぐう鳴ってる」

「いい子だから嘆きなさんな」ニッキがいう。「サイバー・ドクターが腹の虫を聞きつけて、肉団子味の口糧を口に入れてくれるわよ」

「かつてあった造語芸術も、もはやないな」甲高く響く声がした。どうやら、ウィド・ヘルフリッチが聞いていたようだ。

＊

〝瓦礫部隊〟の旗艦！

ニッキ・フリッケルは最大幅二百メートルの不規則なかたちの岩塊に、非の打ちどころのない着陸をすると、苦労してパイプから這いだし、ナークトルとウィドにコースをしめすために、信号灯をいくつか設置した。

ウィド・ヘルフリッチはうまく着陸したが、ラム酒をかなり飲んだナークトルの操縦はさんざんだった。このような原始的なエンジンには慣れていないのだと、かれは言い訳した。

ニッキは、ラジオカムの到達範囲内にいる先遣コマンドの全員が、なにごともなく目標に到着したのを確認し、それから、ナークトル、ウィドとともに作業にとりかかる。

彼女がたてた計画の一部は、宇宙の瓦礫フィールドを形成している無数の岩塊が、たえず衝突しコースを変更しているという事情にもとづいていた。一般的に瓦礫塊は、直径数千光年の円形宙域を移動し、その中心部には自転する虚無がある。一方、円形宙域の周縁は不正確で曖昧で、荒れたフィールドをはなれ自由空間に飛びだしていく瓦礫塊がたえずある。先遣コマンドの男女が着地した岩塊をうまくコントロールして衝突させ、その衝突を利用して、それらが敵艦隊による包囲球の内部に飛ばされるようにしようというのが、ニッキのアイデアだった。必要なコースデータや推進データは、コンピュータ・シミュレーションで手に入れていた。このプロセスは、統計学的にたまたまそうなったような印象をあたえなければならず、けっしてアルマディストに疑惑をいだかせてはならない。

パイプ三本は安全なポジションにうつして固定し、おろした諸装置を設置した。ニッキと男ふたりは、集中して粘り強く作業をこなす。まだ危機的な時期を乗りこえたわけではない。可能なかぎり、せっせと働かなくてはならない……瓦礫部隊がポジションにつく前に無限アルマダが攻撃してくるようなことになれば、かれら全員の努力は水泡に帰してしまうのだから。

一時間半後にその時がきた。無限の暗闇から邪悪な幻影のように、巨大な宇宙の残骸片が輪郭をあらわしたのだ。それは、ニッキ、ウィド、ナークトルがいる瓦礫塊よりはるかに大きい。ニッキは地面に身を伏せる。無重力状態のアステロイド表面で、グラヴォ・パックで姿勢をたもち、からだを回転させて岩壁に背中を押しつけ、岩のたいらな縁で両足を強く突っ張る。目を大きく見開いて、岩塊のぎざぎざした地平線上に幽霊のように突きだしている暗い影を注視する。

シミュレーションをおこなったさいの諸前提がもう一度頭によみがえった。それにひとつでも誤りがあれば、どうなる？　もうじき、十倍以上も大きい残骸片が衝突しかかっているのに、こんな岩屑にうずくまっているなんて狂気の沙汰だ。コンピュータ室の快適なシートにすわって考えたときは、なんでもないと思われたけれど、いまは……

思考がとぎれた。影があまりに巨大なサイズになった。いつ衝突してもおかしくない。ニッキは首をすくめ、上方をあおぐ。影のはしが彼女の上を移動していく。いきなりヘルメット・テレカムから鋭い声が聞こえてきて、ぎくりとした。

「もう耐えられない！　すぐにも通りすぎなかったら……」

圧倒的な力がおおいかかり、ニッキは岩の縁に押しつけられる。グラヴォ・パックが急激に変化した重力状況に対応しようとして、音をたてた。岩だらけの地面のあえぐようなきしみ音が、着用しているセラン防護服を通してニッキの聴覚にとどく。自分のすぐそばの地面に亀裂がはしるのを、恐怖におののきながら見ていた。亀裂は蛇のようにどんどん長くなり、ちいさな卓状地を這っていき、ニッキが両足を踏ん張っている岩塊に裂け目を刻む。

それからすべてがいっきに終わった。ニッキは上方を見あげる。闇の影は前とはかたちが変わり、向こうへ行き、ちいさくなっていた。かれらがいる岩塊の地面はしずまり、亀裂はもう大きくならない。ニッキはからだを起こした。ランプがつくる光芒のはしっこで、ウィド・ヘルフリッチとスプリンガーが身を守りながらしゃがんでいた。

「やってのけたと思うわ」ニッキは、なんとか冷静にしっかり聞こえる声音(こわね)でいう。

「われわれの旗艦は、最初の試練に耐えた。名前にふさわしい働きだったわね」

彼女は細長い石ころをひろうと、このような場合にシャンパンボトルを振るように揺り動かしてから、投げた。石ころは岩壁にぶつかってふたつに割れ、暗闇に飛び散る。

「おまえに名前をつけてやるわ」ニッキはおごそかにいった。「〝ロック・オブ・エイジ〟よ」

＊

ラス・ツバイは許可をもとめなかった。許可されるわけがないと確信したからだ。準備に数時間が必要だった。慎重にとりかかったので、かれのもくろみに気づいた者はいない。いま持っているのは、ハイパーエネルギー性のインパルス発信機、小型探知機、所要時間測定装置だ。みずからに課した使命は、敵側の対超能力フィールドが、どこでもすべての時間帯で効力を持つわけではないと証明すること。実行するうえでのリスクは高くないと考えた。慎重にやり、意識のリアクションに注意をはらえば、おのれの身になにかが起きることはあるまい。

眠りたいので当直任務を辞する旨を伝える。不審に思う者はいない。二十時間以上も睡眠をとっていないのだから。自室キャビンを拠点として、自由空間のある一点に集中。すべてを包括する輪郭のない暗闇を想像して、ジャンプした。計画によれば、かれが実体化するはずの場所は、《バジス》から一光分はなれている。

小型探知機は、巨大宇宙船をちっぽけな光点としてしめしていた。インパルス発信機を調整するのに、探知機の座標データを利用する。装置を作動させ、数秒間待ってから、時間測定装置の計器表示を読みとった。

驚くべき結果だ。目標からほんのわずかしかずれていない。予定した一光分ではないが、五十八光秒の場所へジャンプしていた。グッキーやフェルマー・ロイドがジャンプした距離をチェックしたときの結果と比較するなら、この成果にはさらなる意味があった。実際あのときは、予定距離の七十五パーセントの達成率だったが、今回はじつにほぼ九十七パーセントだ。理由はどこにあるのか？　べつの方角にジャンプしたからか、あるいは時間帯の相違に起因するのか？

科学者らしい細心の注意力をはらって実験をつづける。何ダースものジャンプをくりかえし、すこし休んではまたあらたに実験した。実験は《バジス》のまわりの宇宙空間の暗闇のなかでおこなわれたが、やがて十光分の距離までジャンプを伸ばした。結果をひと目見ても、対超能力フィールドが無効になる空間的・時間的制限に関してなんの認識も得られなかったが、それでめげるラスではない。八十回でも百回でも実験を重ね、腰をすえてデータを総合的に分析しよう。

疲労感をおぼえた。なにも知らなければ、テレポーターのやっていることは優雅でたやすいという印象をあたえるかもしれないが、それは、ジャンプをするのにどれほどの集中力が必要か想像できないからだ……とくに、想定できない場所へのジャンプには。ラスはこの数時間で、自分がいる拠点から、暗闇にある特定の光秒、あるいは光分の地点を思い描くという一種のスキルを発達させた。しかし、しだいに集中力が落ちてくる。二十五時間不眠だったつけがまわってきたということ。きょうはもう、これ以上のジャンプは無理だ。次の休憩に入ったとたん、自然と目がかすむ。疲れはてていた。

もう一回だけ、と、自分に約束し、《バジス》から二・五光分のところにジャンプする……一度も行ったことのない方角だ。時間測定装置を見て、かれは勝利を確信した。はじめて自分の仮説の明白な裏づけを得た。表示は百五十光秒となっていた。考えていたジャンプ距離にどんぴしゃりだ！

《バジス》の自室にもどってきた。これでよしとしておくべきか？　裏づけはつかんだ。

だが、ラスは質をもとめるたちである。これではまだ対超能力フィールドの状況を予測できるようにはならない。ひりひりする目を手でこすり、あと一回のジャンプくらい平気だ、と、自分にいいきかせる。

さっきと同じところを念頭におく。虚無のなかのある特定地点を想像する練習は何度もしてきたから、希望の地点で正確に実体化するとわかっていた……《バジス》から二・五光分以内の、ほとんど無限にある多くの地点ではなく。

ジャンプした……

……そして、地獄に落ちた。焼けつくような、刺すような痛みが、疲れたからだをつらぬく。耐えがたい音が鼓膜を襲い、ぎらぎらした光で目がくらむ。叫ぶが、カオスのまっただなかで、おのれの声が聞こえない。身をくねらせ、よじるが、未知の力にとらえられ、からだがどんどん速く回転する……

脳がもうこれ以上耐えられない。精神的な負荷から守るために、自然が人間にあたえた安全弁が作動した。

ラス・ツバイは気を失った。

＊

ニッキ・フリッケルは満足だった。

小型テスターが瓦礫フィールドの方角に向けてハイパーエネルギー性放射フィールドを送ると、ちっぽけなモニターに瓦礫塊……大昔の忘れさられた矮小銀河と、制動物質の密な残骸片群のひとつ……の弱いリフレックスがあらわれる。その群れのなかにロック・オブ・エイジは一時間ほど前からいる。いまは瓦礫フィールドがしだいに遠ざかり、その前に有人瓦礫部隊の二百の力強い探知リフレックスが輝いている。それだけではない。探知機はほかにも二、三千の弱い光点をしめしている。それらは、有人瓦礫の重力に牽引されてきた、無人の瓦礫だ。

瓦礫部隊は、あらかじめ計算したコースをとっている。敵の二十五万隻との相対速度で、わずか八十キロメートル毎秒だ。それは、宇宙岩塊のエンジンが働きはじめたとたん、すぐに変わるだろう。

これまでのところ、包囲艦隊にはなんの動きもない。ニッキは、第二の探知機を利用して、瓦礫部隊のいちばん近くにいる部隊をとらえた。アルマディストたちは個々の艦や編隊の一部を、ランダムにあちこちへ動かしつづけている。開口部を抜けて包囲球の内側へ進入した宇宙の瓦礫が奇妙な集まり方をしていることに、かれらが疑念をしめしているようすはない。

ニッキが諸装置を組み立てたちいさな岩のくぼみの前に、膨らんだセラン防護服の輪郭があらわれた。

「あとどれくらいなのだ？」いらだちと退屈さを感じさせる声でナークトルがきく。

「五、六時間といったところ」と、ニッキ。「厳密な時間を決めるのは、ローダンだから」

ナークトルは、たいらな地面にとりつけたランプの光芒の向こうの暗闇を見あげ、

「成功すると思うか？」と、いう。

「なにが？」

「つまり、その……ぶじに切り抜けられるかな？」

「全員は無理だと思う」ニッキは感情をまじえずに、「死傷者は出る。だけど、ほとんどの者は切り抜けるわ。個々の手際や運に左右されるし……アルマディストがどれだけきびしく対応するかによるけど」

スプリンガーがなにかいおうとしたとき、甲高い信号音がヘルメット・テレカムから聞こえて、ニッキの気はそちらにそらされた。こうべをめぐらして探知機モニターのほうを見……身をこわばらせた。

「伏せて！」と、ニッキは強くささやく。

「どうした……」

「黙って、動かずに！」ニッキの口調はきびしい。「全通信停止。一ゾンデがこちらに向かってくる」

ちいさくてかすかな光点の動きを追う。それは、ほんの数秒前に探知機モニターにあらわれたのだろう。でなければ、すこし前に全体を見わたしたとき気がついたはずだ。光点はモニターの中心付近にある。この未知物体はとてもちいさく、エネルギー的にはほぼ不活性状態にちがいない。でなければ、探知機なり走査機なりが、とっくに確認しただろう。

ニッキはゆっくりと身を起こし、岩のくぼみのはしから暗闇をのぞく。三十秒が経過。瓦礫部隊の面々はニッキの警告にしたがい、通信機は沈黙を守っている。

「あそこ……」ニッキの口から思わずちいさな声が洩れた。奇妙なかたちをした構造物が、暗闇から姿をあらわしたのだ。

それは、岩だらけの地面の上、数メートルのところを、滑るように動いている。細くなったはしのところにふたつの電球をくっつけたようなかたちをしていて、最大に見積もっても二メートル以上はない。電球の太いほうには、クモの巣に似たアンテナがたくさん立ち、その複数が動いている。なにかを発見したらしい……

そのとき、ゾンデはナークトルの電光石火の動きを察知した。スプリンガーはしゃがんでいたが、そのこぶしから、鈍く光るブラスターの銃身がのぞいている。銃口はまっすぐ上へ向いていた。

ニッキは跳びかかって、武器を握ったナークトルの手をわきにはらいのけ、

「ばか！」と、軽はずみな男をどなりつける。「なにを考えている……」

「そうか、光だ！」ヘルメット・テレカムから耳をつんざくような声がした。「あれは光に反応するんだ」

「ウィド！」ニッキは怒りにまかせ、慎重さをかなぐり捨てて叫ぶ。

が、警告は遅すぎた。横からおや指ほどの太さのエネルギー・ビームが岩ごしに発射された。ウィド・ヘルフリッチはゾンデの機能に関しては無知かもしれないが、射手としては右に出る者はいない。ランプは消え、ブラスターのビームも消えた。底知れぬ暗闇と……沈黙がようやくおりてきた。

一分が経過。そのあいだに目が暗闇に慣れ、赤熱（せきねつ）しているランプの残骸と周囲の岩塊が認識できるようになる。ゾンデは宇宙空間の奥深くに消えていた。ニッキ・フリッケルは探知機モニターでゾンデが進んでいく先を追跡する。ロック・オブ・エイジから数百キロメートル行ったところで、弱々しいリフレックスは消えた。

ニッキは敵宇宙船のリフレックスを仔細（しさい）に観察する。ゾンデが警報を送り、それにアルマディストが注目したなら、あの上方で、すぐになにかが起きるはずだ。五分待ち、十分待った。まだ通信は沈黙している……この瞬間、そのことを考えているにちがいないナークトルやウィド・ヘルフリッチからも、なにもいってこない。ふたりは、なにかいえるようになったらすぐにニッキからいってくるものと考えているのだ。

向こうの敵にも動きが見られない。ニッキは、ゾンデがのこしたわずかばかりの軌道データを手がかりにして、ゾンデが瓦礫部隊から飛び去り、べつの有人岩塊も見ていないと確認した。

「警戒態勢解除」ニッキがくぐもった声でいう。「またもや幸運だったようね」

遠くから、ほっとした呼びかけがヘルメット・テレカムにいくつか入ってきた。しかしながら、すぐ近くは相いかわらずしずかなままだ。ニッキは一時的にテレカムの到達範囲をもっともせまく限定し、ロック・オブ・エイジ以外からは聞かれないようにして、

「さて、突撃専門家のおふたりさん。すくなくともあと一時間は、あんたたちからなにも聞きたくないわ」と、重々しい声でいう。「わたしは教養のある女なの。でも、いまあんたたちになにかいうと、あとで自己嫌悪におちいるような表現を使ってしまいそうだからね」

4

トンネルが終わる。ターツァレル・オプとペルティファー・クイの眼前に、広大で不気味な太古の世界の風景が開けた。グロテスクな植物がつくりだすからみ合った藪を抜けて、弱々しい光が射しこんでいる。独特な甘ったるい悪臭が、ここではいままで以上に鼻につく……オプはもうこのにおいには慣れたと思っていたのだが。空気は飽和状態のように湿っぽく、ほとんど耐えがたいまでに暑い。植物がからみ合った内部では、空気中の湿気が水滴になって音をたてながら葉から葉へと落ち、オプが足を踏みだすたびに、泥沼と変わらぬ地面がぴちゃぴちゃ音をたてる。

「もうやってられない」オプは文句をいう。「これならサルコ＝一一と喧嘩したほうがましだった」

「あるいは、その可能性はまだあるかもしれない」

オプは、動揺して振り向き、

「なんといった？」と、どなるようにクイにいう。

「わたしが？　なにも」コミュニケーション専門家は、司令官と同じく動揺して答えた。「いまのは、わたしの声ではない。その藪のなかから聞こえてきた」

オプは、植物の藪のなかをうかがうが、一名しか通れないこの細道をはなれる気にはなれなかった。できるものなら、神経過敏のせいだと思いこみたい。しかし、明らかにクイも声を聞いた。これは考えなくてはいけないところだ。名なしたちはなにを知っているのか？　あの声はなにを暗に示唆していたのか？

かれは気をそらされた。

「前方に炎が浮遊している」と、クイがいったのだ。「おそらくあの下に、われわれが交渉する相手がいるにちがいない」

むらさき色の光をはなつ炎はもっと近くにあると思ったのだが、細道は急カーブでくねくねと曲がり、シグリド人二名は数分かかって、植物生命体と向き合った……そのもっとも高い部位の上にアルマダ炎が浮遊している。それを見てターツァレル・オプは、シグリド艦の生物学施設で栽培されていたシダを思いだした。この植物生命体は、まわりにあるほかの植物とくらべてりっぱというわけではない……その逆で、ずっとみすぼらしい。名なしたちはどういう基準で自分たちのスポークスマンを選んだのだろうか。

ペルティファー・クイがやんわりとオプを押した。それでオプは、自分がここにきたのは植物を研究するためでも、名なしたちの内部組織のことで頭を悩ますためでもない

と、思いだした。できるだけ上体をまっすぐに起こし、大きくてけたたましい声で、

「シグリド人からの挨拶を伝える」

「なぜだ？」

オプは困惑してあたりを見まわす。その声がどこからしたのかわからなかったのだ。だが、それ以上にかれを唖然とさせたのは、植物生命体の反応だった。なぜとは、どういうことか？　交渉はこういうかたちで進められるのか？

オプは問いかけるように、そしてうながすように、ペルティファー・クイを見た。

「シグリド人は、名なしたちと呼ばれる者に敬意をおぼえるからだ」と、クイは答えた。

植物は二、三秒の間をおき、それから、

「そうかもしれないが、そのためにきみはここにいるわけではない。わたしになにか用があるはず」

いいだろう、と、オプは考える。そっちが社交辞令などいらないというのなら……こっちも同じやり方でいく。

「そのとおりだ」と、かれは、自分の望みを恥じる必要がない者のように答えた。「包囲艦隊は行動不能になっている。命令権者がいないから。アルマダ中枢からはなんの指示もない。敵はわれわれのまんなかにいて、今後いつわれわれに対する抵抗を強めるかわからない。不確実なこの状況を終わらせるために、わたしは決断した。わたし自身が、

包囲艦隊の命令権者になろうと」

「なぜ、きみなのだ?」と、相手が、「なぜ、ほかのだれかではいけないのか?」

黒の成就にかけて! なんという無作法な疑問か! 植物生命体の知力はどのようになっているのかとオプは自問し、これに関してコメントしたいと思った。さして気のきいたものにはならないだろうが。そのとき、クイの警告するような視線に気づく。

「わたしは……つまり、ええと……どうやったら、わたし以外のだれかが命令権者にふさわしいという考えを持てようか?」と、舌がもつれる。

「そのだれかがきみ以上にそのポストに適任であれば」見えないスピーカーから植物がいう。

そういわれたことで、オプは好都合な論拠を見いだし、

「わたし以上の適任者はいない」と、きっぱりという。

「それは少々ちがうが」と、植物。「いいだろう、きみは包囲艦隊の命令権者であるわけだ。で、わたしになにを望む?」

「わたしは……まだ、完全にはそうではない」オプはためらいながら、「包囲艦隊の全四部隊に通知し、ハルウェサン人からは賛成が得られている。サルコ＝一はわたしの主張をしりぞけた。そしてきみたちからは、そもそもなんの返答もない。わたしがここにきたのは、きみたちがわたしを命令権者として認めることを確認するため」

「〝きみたち〟ではなく、〝きみ〟だ」と、植物生命体。「わたしは複数でなく、一個体だ。つまり、わたしの支持があればいいのだろう？　返礼としてなにをくれる？」

オプは驚いた。いや、それ以上だ……憤慨した。

「われわれに共通の話をしているのだぞ！」と、抗議する。「わたしは全体の利益のために行動している。したがって、わたしは……」

「共通の話はひとつしかない」植物がオプの発言をさえぎる。「トリイクル9を探すこと。異船団の封じこめは、共通の話とは無関係だ」

「いやいや！」オプは完全に激昂し、ペルティファー・クイが注意を引こうとしている身振りに気がつかない。「異人はトリイクル9に悪事を働いた当事者であり、目下の遺憾な事態の責任はかれらにある。かれらは……」

「それを証明できるのか？」

「わたしが……どうやって？　もちろん……わたし以外のだれに、そんなことが……？」

「それは証拠にはならない。では、返礼も用意していないのだな？」

「きみの要求は法外だし、無限アルマダのやり方にそぐわない」

「けっこう。そういうことなら、この件を熟考しなくてはならない」と、植物はいう。

「わたしの決断を知ってもらおうではないか」

突然、ターツァレル・オプはトーンダウンし、「返礼ならここで用意できると思うが」と、いう。「どういう返礼を考えている?」

このあいだに、ペルティファー・クイは身振りでの注意喚起にうんざりして、オプの肩に手をやり、自分のほうに向かせた。あいているほうの手で、手首につけている通信装置をさししめし、

「アルマダ中枢からの連絡だ」と、無愛想にいう。「オルドバンから」

＊

相手があまりに多く話し、明らかに不誠実なので、聞いている〝かれ〟はすっかりいやになってしまった。しかし、交渉の役割をないがしろにしてはいけない、あきらめてはいけない。

交渉の結果で考えられるのは三つだけ。相手が高価値の、あるいは同価値の、あるいは低価値の提案をしてくる。かれはそれに応じて、相手が望む同意をあたえるか、今後は中立の立場をとるか、同意を拒む、ということになるわけだ。

この決定的な瞬間にアルマダ中枢から連絡がなかったら、事態はきわめて単純だったはず。だが、情報索から伝わった火急の知らせによって、かれはつかの間、気をそらされた。アルマダ中枢からきた連絡は……すくなくともかれの考えでは……重要な意味を

持つものではなかった。ほんとうに重要とみなされるのは、トリイクル9に関することだけだ。オルドバンの指示は、それとなんの関係もない。指示にはしたがうだろうが、そのほかのことは、トリイクル9に関する状況が明確になるまで、引きつづき待つだけのこと。これまで、聖なるものがほんとうに見つかったと信じるのは困難だった。そのときには宇宙がぱっと輝き、甘美なナアルがどっと流れ、無限アルマダ全体にはてしないよろこびがわきおこるという印象があったからだ。これまでのところ、そういう兆しは、あらわれていない。

かれは疑っていた。

かれの前に立っていた二名は、いつのまにか、ささやき声での話し合いを終えていた。大きいほうがかれに向かって、

「まだほんのすこし時間がある。もう一度わたしの問いをくりかえす。どういう返礼を考えている？」

「たっぷりのナアルがほしい」

相手は困惑したようだ。

「ナアル？　ナアルとはなにか？」

もう一度、ちいさいほうがもう一方に話しかけた。二名の会話はその前のようにささやき声では進行しなかった。それは次のようなものだった。

「培養液だ。植物にはそれが必要で、ドームのはしの巨大な容器に貯蔵されている。ロボット・プログラミングにより、定期的にナアルが土壌に浸透するよう手配されている。植物にとってナアルは美味な食事みたいなものだ」

「定期的に摂取できるものなら、なぜ名なしはナアルをほしがる？」

「ばかな！　合成ではないほんものの肉が定期的に提供されれば、きみは合間にそれがほしくならないというのか？」

「だが、ロボット・プログラミングは規則で決まっている。それを妨害してはまずい」

「それはきみしだいだ。植物がなにを欲しているか、聞いただろう」

＊

ターツァレル・オプは、数秒間、おのれ自身に助言をもとめた。かれはどうしても、包囲艦隊の命令権者になりたかった。しかし、オルドバンからの連絡によれば、包囲艦隊はそう長くは存続しないらしい。アルマダ中枢はもう、異人の船団に攻撃をくわえることは考えていないというのだ。それがなにを意味するのか、オプはわかったと思った。異人たちが無限アルマダに組み入れられることになるにちがいない。

かれの心は揺れた。どのように決断すべきか決めかねているあいだに、官僚としてのメンタリティが優勢となり、上層部の決定を妨げてはならないと決心した。植物生命体の要求は法の目をくぐること、つまり法規違反だ。名なしたちの要求に屈するようなことがあれば、おのれの魂の恥辱となろう。

「問題外だ」と、オプは答えた。「アルマダ中枢が発令した指示に違反することはできない」

「だったら、どうなるか見るがいい」目に見えないスピーカーから声がした。

それまでシダに似た植物の上方で浮遊していたむらさき色のアルマダ炎が、揺らめき、動きはじめた。ターツァレル・オプは、不快な思いでそれを見た。交渉は目的を達することなく終わった。それだけではない。植物生命体が最後にいったことが、かれの聴覚突起に不吉に響いた。大きな不安をいだきながら振り返り、細道がきたときと変わっていないのを見て、いくぶんほっとした。

「で、これからどうする？」クイが不機嫌にたずねる。

「《ボクリル》にもどる」と、オプ。「当面、ここにいてももうやれることはない」

「とくに、きみが並はずれて外交的な交渉をしたからな」クイがつぶやくようにいう。

「それはどういう意味だ？　わたしは、官の決定に異を唱えることは許さない」

「どうぞお好きに。では、行こう。いずれにせよ、きみの主張は不安定な基礎にもとづいている。オルドバンは異人に対する敵意を捨てた。おそらく、かれらを組み入れたいと考えている。いずれにせよ、もうじき包囲艦隊がなくなれば命令権者は必要ない」

「それはわたしも考えた」と、オプ。「だが、そのとき、いくつかアイデアが浮かんだのだ。異人たちが組み入れられたがっていると、だれがいった？」

「どうかしてるんじゃないか？　オルドバンがそう要求したとしたら、かれらにどんな可能性がほかにのこされている？」

「戦うこと」

「死ぬためにか？」

「たぶん。どうなろうと、すぐに包囲艦隊がなくなることはない。わたしがきみにいったのと同じことをオルドバンも考えるだろう」

クイは、それには反応をしめさなかった。だが、オプを見る視線が雄弁に語っている。

ふたりは踏みならされた細道を進む。クイには、大気の悪臭が刻一刻とひどくなるように感じられた。オプが突然、立ちどまり、道の四分の三をふさいでいる淡黄色の臭い水たまりを指さし、

「なにかおかしい」と、いう。「われわれがきたとき、ここは通っていない」

クイもオプが正しいといわざるをえない。あたりを見まわす。細道の両側の茂みに動きはない。しかし、植物が猛烈なスピードで壁をつくり、オプと自分が八十名の仲間と分断されてしまったことを、クイは思いだした。たしかにほんの数分で細道の経路を変えてしまうことくらい、名なしたちにはなんの困難でもない。

だが、なんのために？

「われわれの戦士に連絡がつけられるか、ためしてみよう」クイはオプに提案した。

オプは小型通信機を作動させる……すこし前にアルマダ中枢からの連絡を受けた装置だ。何度も呼びかけるが、応答がない。

「臆病者たちは撤退したのだ」と、かれはぶつぶついう。「《ボクリル》にもどる途上にあり、あえて応答しないのだな」

クイはそう考えなかった。戦士たる者、権限ある命令を受けずに持ち場をはなれることはないと確信していた。自分の通信装置のスイッチを入れ、《ボクリル》を呼ぶ。

＊

ウネモル・レンが応答した。クイは名なしたちとの交渉経過を簡潔に述べてから、

「われわれ、道に迷った。戦士たちからの応答がない。悪臭にしだいにやられてしまう。ロボット隊をよこしてほしい。われわれをここから連れだすために」

いつのまにかオプも同じ周波に切り替え、

「名なしたちのことを顧慮する必要はない」と、憤慨して、「厚顔無恥な要求をしてきた。おまけに、意図的にわれわれが道に迷うようにしたのではないかと疑っている」

すぐにはウネモル・レンからの応答がない。

「聞いてるか？」オプはいらいらとどなる。

「待ってくれ」と、レンが、「カルサナル・ズーが話したいそうだ」

「ズーのいうことなど、わたしはまったく聞きたくない……」オプが抗議する。

「きみはばかか、オプ」受信機から技師の低いうなるような声がする。「自分の命がかかってるんだぞ。クイが悪臭のことをいってたな」

「そうだが？」ペルティファー・クイが耳をそばだてる。

「甘ったるいか？ 有機物が分解した腐敗臭みたいな？」と、ズーがきく。

「まさにそれだ」と、クイ。

「それはナアルだ」と、技師。「名なしたちの船の土壌に、アルマダ年に一度あたえられる培養液だ」

「それでわかったぞ」と、クイ。

「いや、わかっていない」ズーが異を唱える。「わたしが得た情報に誤りがないなら、次の供給は五カ月も先のことだ」

「だが……それがいったい……」ターツァレル・オプが口ごもる。

「クイの説明を聞いた」と、技師は、「名なしたちは返礼としてなにをほしがった？」

「ナアルだ」クイがささやくようにいう。意識の深いところで、不吉な予感がかたちをとりはじめた。

「まだわからないのか？」ズーが脅すような声であざける。「だれかがきみたちの先まわりをして……」

茂みが動きだした。薮から、青みがかった光沢のある、ほっそりした卵形の姿がこちらにやってくる。ほとんど音を出さずに、目に見えないエネルギー・フィールドで浮遊しながら。ぜんぶで十二体。シグリド人二名は、これからなにが起こるのか理解する前に、ぐるりとかこまれてしまう。

「サルコ＝一一……」ターツァレル・オプは、恐怖におののき、しわがれ声を出す。

5

ラス・ツバイが見あげると、そこにはネズミ＝ビーバーの心配そうな顔があった。

「医師たちが、あんたには養生が必要だってよ」と、グッキーがいう。「だけど、ぼくもいわなきゃなんない。あんた、とびっきりのおろかもんだよ！」

ラスの記憶に欠けているところはなかった。対超能力バリアにはげしくぶつかったときに、ほとんど理性を失うほどに感じた痛みを、いまでもまだ感じられるように思う。言葉ではいいあらわせないほどの感謝と安堵を感じた。もっとひどいことになっていたかもしれないのだ。バリアにより、明らかにジャンプの出発地点へ投げ返された。そして、自室キャビンで意識を失っているところを発見され……

「しかし、ためす価値はあった」ぐったりと、かすれた声でいう。「証拠をつかんだ」

イルトはうなずき、

「ああ、わかってる。重症患者にしては、あんた、奇妙なほど集中的に思考活動してるよ。対超能力フィールドは時間的に不安定なんだね。どういうふうに？」

「時間的にも場所的にもだ」と、ラスは答える。「最初やったときは、なんの苦もなく目的地に着けた。二度めは、たった数分後なのに、パラエネルギー性の壁にはげしくぶつかった。つまり、こういうことなんだ……アルマディストは対超能力衝撃波を発生させる。この衝撃波は包囲艦隊の外縁部から中心へとはしり、じゃまになるプシオン性の活動は、なんであれ抹消される。だが、次の衝撃波がはしるまでのあいだに、われわれの出る幕があるのだ！」

「ぼかあ、あんたの頭んなかを嗅ぎまわった」グッキーがおだやかにいう。「あんたが記録したデータも分析した。あんたの仮説は、いいとこついてると思うよ」

ラスは安堵の吐息を漏らす。しばらくしずかに横になり、それからたずねた。

「そのことについて、ペリーはなんといっている？」

グッキーがにやりとして上唇をあげたので、一本牙がまるまる見えた。

「かれにはまだいってない」と、いう。「そもそもこのことをペリーに説明すべきなのは、あんた以外にいないからさ」

ラスはうれしそうにほほえみ、

「ありがとう、信頼できる友よ」

＊

ペリー・ローダンは休息のひとときに感謝した。この時間があるおかげで、ときおりひとりになって、じっくりと考えられる。以前のかれなら、こういった時間ができても、ゲシールに費(つい)やしていただろう。しかし、謎に満ちたこの女は、以前のようにはかれのそばにいることを切望していない。危機的な時期におけるアトランとローダンとの反目をなくそうとしているのか？ これまで、彼女にそういう高潔な無私の心がある面を見たことはなかったが。黄色い猛獣の目をした男、タウレクに心引かれているらしいのもたしかだ。

こうした展開をどう感じているか、自分自身よくわからなかった。自分とゲシールは結ばれていると、心の深いところではいまだに強く感じている。ローダンは彼女を愛していた……いままでなかったほどに、その思いの強さにときおり驚くほどに。しかし、この瞬間は、ひとりでいる幸せを感じる。彼女がほんとうにタウレクを気にいってローダンをなおざりにするなら、遅かれ早かれ嫉妬に身を焦(こ)がすことはたしかだ。しかし、目下のところ、あまりに多くのことがらが心に重くのしかかっているので、恋人のすげなさを感じる余裕はない。

無限アルマダ……

何十億もの数えきれない異人が乗りこむ、何百万という艦船で構成された大軍は、何百万年も前からトリイクル9と呼ばれる対象、すなわちフロストルービンを探してきた。

それだけではない。無限アルマダは、三つの究極の謎のひとつの構成要素なのだ。

ローダンに、ある疑問がわいた。自分は偶然こういう状況におかれたのか、あるいは宇宙の力がこういう出会いをアレンジしたのか。もし後者であるとしたなら、自分はなにを期待されているのか？

無力感をおぼえる。無限アルマダははてしない形成物だ。その全体像を理解する希望の予兆すらないのに、自分にどういう行動が期待されているか、どうやったらわかるというのか。ローダンが持っているわずかな情報は、クリフトン・キャラモンが指揮した勇猛果敢な突撃作戦や、ミュータントのグッキーとラス・ツバイの出動や、傍聴した交信から得たものだけだ。無限アルマダの〝リンガ・フランカ〟……すなわちアルマダ共通語は、解読された。しかしながら、すこし前から通信がなく、さらなる情報を集める道は閉ざされている。こちらがアルマディストの罠に落ちる前に、キャラモン、グッキー、ラス・ツバイが実行した作戦は、どれほどのものだったのだろうか？

無限アルマダは、ペリー・ローダンがかかえるもっとも大きい問題だった。まずはすべての注意を向ける必要がある。長蛇の列をひきいているのはだれなのか、突きとめなければならない。アルマダの指導部とコンタクトして、交渉できるポジションを得なければ。目前に迫っている瓦礫部隊の攻撃はこの目的のためだ。ローダンは、敵に背を向けて宇宙のこのセクターから逃げだすつもりは毛頭ない。逃亡は陽動作戦だ。銀河系船団は、宇宙の瓦礫フィールドの混沌のなかで姿を消すことになっている、アルマディストが苦労なくしては追跡できないところへ。

ほかの懸念事項についても、ローダンは考えていた。イホ・トロトとタンワルツェンの乗る《プレジデント》のこと、ウェイデンバーン主義者たちのこと、とりわけ瓦礫部隊の乗員たちのこと。ほうっておくことは許されない。

エリック・ウェイデンバーン……

スタック奨励サークルは宗教的狂信者、つまり革新的破壊主義者たちなのか？ともかく、銀河系船団の乗員のなかに、ウェイデンバーンの信奉者が十万もいた。自由テラナー連盟や宇宙ハンザは、遠距離航行宇宙船の乗員に関するきびしい選定基準があることで知られている。不適任者がひとりやふたり採用される可能性がないわけではないが……いっきに十万人ものおろか者が？考えられないことだ。エリック・ウェイデンバーンの主張は、ふつうの人々の理性や感情に訴えるものであるにちがいない。自分は人類最初の無限アルマダのメンバーだと、ウェイデンバーンは宣言していた。かれは頭がおかしくなったとローダンは考えたものだが、タウレクの意見はそうではなかった。ウェイデンバーンのいっていることは正しいと、コスモクラートの使者はいった。ただし、その使命達成のためには、まだ未熟だが、と。

ウェイデンバーンとその信奉者たちは、銀河系船団を離脱したのち、アルマディストに拘束された。どういう運命がかれらを待ちかまえているか、だれにもわからない。やがて、スタック、トリイクル9、フロストルービンは、別々の名称を持つが実体は同じであることが明らかになった。思わず息をのむほどの展開が開けた。しかし、なにか詳細を聞きだせたかもしれないスタック奨励サークルの信奉者たちは、もう手のとどかないところに行ってしまった。

タウレク、ひとつ目の男……

かれは物質の泉の彼岸からやってきて、コスモクラートの使者であると名乗っている。コスモクラート、ティリクのかつての使者カルフェシュは、タウレクとなんら関係を持ったことはないが、かれがコスモクラートの使者であると確認した。タウレクのふるまいや態度に、物質の泉の彼岸の住人であるとはっきりしめす特異性があると。

タウレクは黄色い猛獣の目をした筋骨たくましい体型の男で、だれが見ても印象的だ……かれの個性により、そしてまた、かれが使いこなす信じられないほどに発達した技術手段により。かれの小型宇宙船《シゼル》は驚異的なものだし、〝兵舎〟は、先入観を持たずに見ると、技術所産というよりむしろ魔法の産物のようだった。かれはそこから、おや指サイズのロボット十二体をとりだし、物質やエネルギーをむさぼるようにとりいれさせることで、完璧に成熟した多目的マシンに変えたのだ。

タウレク……かれ以外はだれも知らない理由により〝ひとつ目〟と名乗っている……

は、虚無から出現し、銀河系船団の指揮権を自分に委譲するようもとめた。お笑いぐさとしかいいようがない要求だが、かれは明らかにひどくまじめだった。タウレクは《シゼル》でいっしょに自転する虚無へ行くようにとペリー・ローダンを挑発した。ローダンは挑発に乗り、その結果、おそらく生涯忘れることができない経験をした。超越知性体セト＝アポフィスに対する新しい理解が得られたのは、その冒険のおかげだが、タウレクに関してあらたに知りえたことはない。ひとつ目の男は依然、謎のままだ。

セト＝アポフィス……

それは目的地であり、出発場所であり、ここ数年のほとんどすべての出来ごとの中心点だ。しかし、最近は奇妙なまでにしずかで、なりをひそめている。その秘密は暴かれた。セト＝アポフィスというのは数十億、おそらく数兆もの知的存在の意識断片が集まった集合体だった。意識断片は自転する虚無の内部に棲みつき、そこで実体のない、投影された肉体の一部としてよせあつめられていた。なぜセト＝アポフィスが、ポルレイターがしかるべき場所に封印したフロストルービンを解放することにあれほどまでに関心をしめしたのか、いまとなればわかる。フロストルービンは、超越知性体の〝デポ〟と呼ばれる五次元構造物の、四次元世界における刻印なのだ。

セト＝アポフィスは無限アルマダの進撃に、明らかになすすべなく対峙している。補助種族……たいていはフロストルービン近傍で活動している鳥生物……の艦隊は、アルマディストの前に逃走を余儀なくされた。それ以後、超越知性体が唯一とった作戦は、無限アルマダを攻撃するために、一補助種族の艦隊を送りだしたことだ。かれらはあたかも銀河系船団と同盟を結んでいるかのようによそおった。アルマディストは反撃し、鳥生物は遁走した。銀河系船団は最後の瞬間にようやく邪悪なトリックを見破ったのだが、それ以来、アルマダの包囲艦隊のなかにいる。

これが現在の状況だ。

希望と楽観をいだくきっかけはほとんどない。しかし、それでもペリー・ローダンは、打開策を見つけられると確信していた。このような状況では、未来をあまりに包括的に幅ひろくとらえるような方法でないほうが確実で、理性的だ。だから、一歩一歩ことを進め、一歩ごとに慎重に最大限の効率をめざす必要がある。そうすることでしか状況を好転させられない。

次の一歩は、瓦礫部隊の攻撃だ。

クロノグラフを見る。休憩時間は終わりだ。司令室でみなが待っている。一時間もしないうちに、決定的時機が訪れるだろう。かれは立ちあがった。

「サー？」

ローダンはびっくりしてデータ端末を振り返る。かれのキャビンはハミラー・チューブとつながっているのだ。

「三十秒しか時間はないぞ」と、答える。「すぐにも仕事にもどらなければならん」

「それでは食欲を起こさせることもできませんが、サー」と、からかうように、「あなたとタウレクが《シゼル》で飛行したさいのデータを詳細に分析しました……それには《シゼル》そのものの特性もふくまれています。きわめて驚くべき結果が、いくつか明らかになりました」

ローダンはもう一度クロノグラフに目をやる。なんてことだ……みんなが待っているというのに。だが、なにか異状があれば、いずれにせよ向こうから連絡してくる。あと二、三分はいいだろう。

「話してみろ」目には見えない対話の相手をうながす。

＊

「ただちに、全力出動！」

ニッキ・フリッケルは着用しているセラン防護服のマイクロフォンのボリュームを思いきりあげ、つけくわえる。

「この知らせを順次、転送するように！」

《バジス》からの遠隔操作で、瓦礫部隊のエンジンが始動されたのだ。加速に起因する重力をグラヴォ・パックが自動的に中和したので、だれもそのプロセスに気づかない。

しかし、ニッキの探知スクリーンには、はるか背景に、数秒、まばゆいリフレックスがあらわれた。それは事前に決められていた信号だ。《バジス》が空虚空間で爆弾に点火したということ。

事態は動きだした。もともとはセラン防護服のエンジン・システムに追加されるはずだったフィールド・プロジェクターに修正をくわえた装置が、フル稼働する。生みだされる加速は驚異的ではないが、数分後には、瓦礫部隊の速度は秒速百キロメートルに達し、やがて二百キロメートルになり、包囲艦隊のそばまできたときには、秒速千キロメートルになっていた。

十五分間、ニッキは艦隊の動きを探知スクリーン上で追った。すべて計画どおりだ。エンジンはあらかじめプログラミングされているので、瓦礫に配置された要員が手を出す必要はない。重力により引っ張られている無人岩塊は、牽引フィールドの影響で、有人岩塊のそばを通りすぎていき、予定どおり前衛ポジションに位置を占める。それを確認して、ニッキは満足した。そこが重要なのだ。敵は、対決開始の合図を送るだろうから。近づいていく瓦礫部隊にアルマディストが砲火を開けば、この百年でもっとも奇妙な戦いがはじまることになる。無人岩塊を有人岩塊の〝前に〟配置することで、最初の被弾でだれも危険にさらされずにすむ。

ようやくニッキはスクリーンから目をそらす。最初は、決定的な瞬間まで探知スクリーンを見ていられると思っていたのだが、ちいさなスクリーンで見る動きはゆっくりすぎて、その瞬間が訪れるのはまだ先のことだ。うずくまっていたからだを起こすと、ぎこちない歩き方で、ちいさな岩の台地へ行く。ウィド・ヘルフリッチが過度の熱意から撃ってしまったランプは、輝度が落ちるものに交換されていた。

ニッキは奇妙な気分にとらえられていた。自分の命が危険にさらされる戦いを迎えていると意識するのは、はじめてのことだ。彼女にはLFT艦隊での歴戦のキャリアがある。数百回もの戦闘に参加し、数十回も軍功を称えられた。遠征艦隊とともにM-3に飛び、死んでもおかしくないような危険をくぐり抜けた。何カ月も過ぎて思い起こすと、非現実的に思われる。ポルレイターの罠だった重力渦や、惑星EMシェンの海綿生物に対してさえ、個々への攻撃ではなかった。しかし、ここでは個々から構成される敵戦力とかかわらなければならない。殺すことは意図していないが、いざというときには、身を守らなければならないのだ。だが、アルマディストが相手では、そうできるか、まるで確信がない。無限アルマダが突然に虚無から実体化したとき、その近くにいた銀河系船団にトリイクル9が捕らえられたのだと、かれらが思いこんだとしても無理からぬところはある。アルマダ種族にとって、トリイクル9は宗教的崇拝の対象だ。かれらは〝異人〟に対してきわめて大きな憎しみを感じていて、できるだけ多く殺すことを功績と感じるかもしれない。

ニッキのそばで奇妙なかたちの影が大きくなる。

「考えているのか？」ナークトルがたずねた。

怒りはとっくになくなっている。ウィド・ヘルフリッチとスプリンガーは自分たちのミスを認め、彼女は許していた。ばかげた突発的な出来ごとの影響はなにもないかのように思われた。

「ええ」ニッキはそういい、ほかはひと言もいわない。

「わたしもだ」と、ナークトル。「なにか重要なことをはじめてやるときは、奇妙な感じだ。そうではないか？」

「え、あんたも？」と、ニッキはなかば驚き、なかばあざけるようにいう。「スプリンガーって、たがいに頭蓋骨をたたき割ること以外はしないと思ってたわ」

「たとえそうだとしても」ナークトルはまじめに、「もちろんそんなことはないんだが、それはいわば内々の、いってみれば家族内のことだ。ここでの話はべつだ、それがわからないか？」

考え深げな雰囲気が、ややはなれたところの受信機からのわめくような甲高い歌声にじゃまされる。

「われ戦わん、ひろい戦場にて敵と……」

「肉団子にシュナップスでも混ぜたか」ナークトルが平然とつぶやく。

「……雄々しき英雄のごとく……いざ……ええと……」

「こっちにきてすわりなさいな、ウィド」と、ニッキがいう。「その歌は二千三百年ほど前のものね、歌詞はすっかり忘れてるようだけど」

足音が聞こえ、一分後、ウィド・ヘルフリッチが台地の縁に姿をあらわした。

「なんというか」と、かれは甲高い声で、「くそいまいましいことに、まったくおちつかない。そんな気分を陽気な歌ではらいたいと思ったんだが、歌詞が出てこない」

ニッキはかれを手招きする。彼女はナークトルのそばでしゃがみ、同じようにウィドにもしゃがませる。

「順番に人生のエピソードを話せば、時間が速く過ぎていってくれて、いやなことを考えなくてすむかもしれない。まず、わたしからはじめるわよ」

「やれやれ」と、ナークトルがうめく。

ニッキ・フリッケルは、派手で勇ましい話を好むことで知られている。かならずしも非の打ちどころがないとはいえない話だが。

「宇宙ハンザの任務でアンドロメダに飛んだときのこと」と、ニッキは話しはじめる。「M-31の外縁部で通常飛行していたら、カエルのかたちをした大型宇宙船に遭遇したのね。もちろん、だれもが知ってるように、カエル船には飲んべえで喧嘩好きの〝ケロリン人〟しか乗っていない。われわれの司令官は、カエルとかかわらずに通りすぎようとしたんだけど、ケロリン人のほうがこちらに気づいて、酒飲みコンテストに参加しないかとハイパーカムで招待してきたの。さて、それからだけど……」

ケロリン人の酒盛りの話は、おそらくあとのことになるだろう。というのは、ちょうどそのとき、ヘルメット・テレカムから遠慮がちな声がしたのだ。

「おそれいりますが、そちらは瓦礫部隊の旗艦でまちがいないでしょうか？」

話に熱中していた三人が驚いて見あげると、上空に〝外側エンジンつきの爆弾〟と呼ばれるあのパイプの輪郭があった。

「そうだけど、そっちは？」と、ニッキが返答する。

「第十特務グループです。わたしがリーダーで、ここで二十名を降ろすことになってます」

「なんてこと、もうそこまで？」

「まだ完全にではありませんが」と、遠慮がちな声。「すべての戦闘グループをふさわしい場所に配置するのに三時間はかかりますから。では、開始します」

＊

瓦礫部隊が最終的な陣形をつくったのち、十六の戦闘グループが銀河系船団から送りだされた。総計三千名の男女が、敵には探知されない小型輸送パイプにいて、やがて瓦礫部隊に遭遇し、その要員を強化することになっている。かれらは自分の装備以外のものを追加で携行する必要がないので、三人でひとつのパイプ内にいた。

千本のパイプは、三時間後には、ひろく散開している瓦礫部隊のそれぞれに着陸した。原始的な乗り物は注意深くしまいこまれた。まだ使うのだから。補強部隊の到着は、緊張が耐えがたいまでに高まり、陰鬱な予感を感じていた瓦礫部隊に、一時的に気晴らしや気分転換の効果をもたらした。時間は矢のように過ぎる。瓦礫部隊の速度は秒速千キロメートルをこえ、アルマダ艦の外殻まであとわずかに八十万キロメートルだ。

ニッキ・フリッケルがシミュレーションのまとめのさいに予測したことが起きた。敵が注意深くなり、警戒心を強めたのだ。これまでは目が粗かったアルマダ艦の包囲網が、瓦礫部隊が通り抜けようとしているところで収縮していた。ニッキは、探知スクリーン上で、集結して瓦礫飛行体に向かってこようとしている五十隻以上と思われる異艦を確認した。

パイプのなかへ這いこむよう命令がくだされる。個人装備以外は、全装置がそこにのこされた。まずい着陸で自分の乗り物をだめにしてしまったナークトルは、ニッキのパイプに入ってくる。

「最初からそうしようと考えてたんだな」ウィド・ヘルフリッチが苦々しげにいう。

「LFT艦隊の尊厳を守ってくれよ」

「ふん、口出しするな」ナークトルが文句をいう。「なにを想像してるんだ……こんな細いパイプのなかで?」

ニッキは機首コクピットを閉じた。厚いグラシット・カバーごしに、もう一度あたりに視線を投げる。これまでの数時間、あのちいさな岩の台地に安心して身をまかせていたのが不思議な感じだ。ロック・オブ・エイジに別れを告げるのがつらく感じられる。いまはランプの明かりに照らされているが、アルマディストが攻撃したとき、はじめて光るのをやめるだろう。静寂と平和の場所。

探知スクリーンが瞬間的に光った。一アルマダ艦がほんの一瞬、明るくなったのだ。発射されたと確信する。半日間のあいだ彼女の旗艦だった岩塊の、ぎざぎざの地平線上が明るくなった。核爆発が起こり、目もくらむばかりの青白い光がそこらじゅうの真っ暗闇を突き抜けて進む。

敵が砲火を開き、最初の前衛隊が被弾した。

「スタート!」

命令の必要はなかった。爆発は、全瓦礫部隊が見ていたのだから。

パイプは離陸した。弱いランプの明かりに浮かんでいた岩棚が、深く沈んでいく。ニッキは前進のスイッチを入れる。数秒後には、ロック・オブ・エイジは暗闇に姿を消した。彼女は集中して探知スクリーンを見る。敵部隊のひとつを目標に定める……編隊のほぼ中央に位置している一部隊だ。パイプの下では、瓦礫部隊の前衛隊が、人目につかずに滑空していく。

右手で爆発による光が不気味に明滅する。

突然、深刻な状況になった。

6

　サルコ＝一一の一体が、シグリド人二名に向かって滑るようにやってくる。種族の全員がそうだが、卵形の上半身におや指ほどの太さの透明な膨らみを持ったリングがあり、膨らみの内部で黄色い煙が渦巻いている……サルコ＝一一がはげしく興奮しているしるしだ。膨らみの前面には結節がある。そこからささやくような声がして、

「きみがわたしの要求に応じていないのを見たぞ」

　その言葉はターツァレル・オプに向けられていた。オプは驚愕しながらも魅了されるように、サルコ＝一一のからだに開口部ができ、そこから触手が伸びてくるのを見つめる。触手の先は鉤爪形の把握器官で、ブラスターの銃把(じゅうは)をしっかり握っていた。

「どんな……どんな要求のことか？」オプはしどろもどろでいう。

「背中の瘤を朝食でたいらげろと提案した」

「きみ……きみは、優位１４３なのか？」

「ほかのだれだというのか？」サルコ＝一一は横柄にいった。「きみがここにくるのは

わかっていた。包囲艦隊の指揮権をもとめるお笑いぐさの主張にとって、名なしたちは唯一の希望だからな。わたしはきみより先にきていた。見てわかるように、共同体生物を味方にすることに成功した」

「におうな」ペルティファー・クイは不機嫌にいう。「船内ぜんぶが陰謀のにおいでぷんぷんしている。で、われわれになにを望む？」

サルコ＝一一は、もともとはサイバネティクス装置だったといわれている。それが自己進化し、タイミングを逃さずに有機生命体の特性を身につけたのだ。かれらには感情も、秀でた勘もある……先祖ゆずりのエレクトロン能力にくわえて。

「なにを望むかって？　なんと、いわずもがなの質問を」優位143は嘲笑する。「わたしを包囲艦隊の命令権者と認めることだ」

「断じて認めるものか！」オプはわれを忘れて叫んだ。

優位143はクイのほうを向いて、

「でくのぼうとは交渉できない」と、憮然としていう。「きみたち二名のうちでは、きみのほうがましなようだ。サルコ＝一一には十万隻の宇宙船があり、名なしたちは三万以上持っている。これを合わせれば、包囲艦隊の過半数を占める。きみたちにどんな選択肢があると？」

「きみは見かけほどおろかではないようだが」クイは辛辣に述べる。「われわれ、ここで要求をのんだかに見せて、安全を確保したとたんに撤回するることだってできるんだぞ。こちらが涙をのんで敗北するような、なんらかの提案を準備することだな」

「たんに抹殺したっていいぞ」と、優位143。「名なしたちへの返礼を拒んだからには、きみたちふたりとあとの八十名は、われわれに引きわたされることになっている」

「そんなことをしたら、きみは終わりだ」ペルティファー・クイは反撃した。「アルマダ中枢で統治する者が……オルドバンであれ、ほかのだれであれ……きみをすぐに解任するさ。おたがい平和的に生きるか、あるいは内部の絶え間ない諍いに身をまかせるかは、われわれにゆだねられている。アルマダ中枢はそんなことに口を出さない。しかし、個人が功名心ゆえに大量殺戮をするなら、トリイクル9を浄化するという全員共通の目的に対して罪をおかすことになる。そのような行動に出れば、優位なるわが友よ、きみは生きながらえることができない」

サルコ＝一一は、武器を握った触手を体内にひっこめた。明るい青色に輝く卵形の上半身の開口部が、音もなく閉じた。

「では、交渉しようか」と、優位143。「わたしの見るところ、きみは理性的なようだから、受け入れがたい要求などしないだろう」

ターツァレル・オプはおちつきをとりもどし、

「わたしにも発言権があることを忘れるな」と、いう。

「お好きなように」優位１４３は、いくぶん高慢な態度で、「おだやかに話すことを心がけ、ばかげた論拠は持ちださないでくれ」

「指揮権の問題を包囲艦隊の四種族で採決することを提案する」と、オプ。

「悪くない」と、優位１４３。

「当然、そうだろう」ペルティファー・クイがけなすように、「きみは、名なしたちをすっかり手なずけたんだからな。かれらは、アルマダ炎のストックが分けられるかぎりにおいて、数十億ではないにしても、数百万に分解される……つまり、優位１４３はもうあらたな命令権者だ」

「わたしはそうは考えない」ターツァレル・オプが歯噛みする。

包囲艦隊を形成するサルコ＝一一の二体が興奮してささやきはじめた。優位１４３の上半身にある透明な膨らみが、またあらたに生じた黄色い蒸気で満たされる。ペルティファー・クイとターツァレル・オプは驚きの目で見た。

よどんだ池の上方にアルマダ炎がひとつ、浮遊している！　だれもそれがやってくるのを見なかったが。炎は横に動き、高くあがり、広葉樹の梢の上方で動きをとめた。両陣営は争いを忘れ、茫然として、むらさき色の炎を見つめる。植物の藪のなかからとどろくような騒々しい声が聞こえてきたので、クイとオプはびっくりして身をすくめた。

「中央後部領域の種族たちよ！　この告知は、トリイクル９の捜索者かつ発見者である無限アルマダの中枢から、諸君に対してなされるものだ」

クイは自分の耳が信じられない。アルマダ中枢が、名なしたちの通信システム経由で連絡してきたのか？　植物生命体のトリックだと思いたかった。だが、次に聞いたことで、考えをあらためさせられた。いや、そうではない……話しかけてきたのは、アルマダ中枢だ！

「勝利と危険の時において、包囲艦隊の司令官二名がもっとも卑しい功名心にかられ、共通の幸せをあなどり、命令権者の職権をめぐって争うという、なんら威厳もない行動に走った。その者たちとは、シグリド人のターツァレル・オプとサルコ＝一一の優位143だ。

この品位のないふるまいによって、かれらは自身に失格宣言をくだした。二名はもうかれらの艦隊の司令官ではないし、包囲艦隊の最高命令権を主張するなどもってのほかだ。これまで優位143の指揮下にあった中央後部領域・側部三十四セクターのアルマダ第四四部隊は、即刻、優位17の指揮下とする。ターツァレル・オプの指揮下にあった中央後部領域・側部三十四セクターのアルマダ第一七六部隊は、この瞬間からカルサナル・ズーが指揮することとする。

われわれ、決定的瞬間に近づいているので、四部隊から編成される包囲艦隊の最高命令権者を任命することが重要だと思われる。思慮深く、経験があり、しかも清廉潔白な司令官である者がその任にあたる。イルクスト・ネンターだ。

これは中央後部領域の種族に告ぐものであり、指示にはしたがわなければならない」

力強い声がやむ。アルマダ炎が動きだし、あっという間に藪のなかに消えた。

それでも優位143とターツァレル・オプは、よどんだ池の縁に立ったまま、たがいを不機嫌ににらみつけている。

*

旗艦《ギンダー》にいた賢明な司令官イルクスト・ネンターは、アルマダ中枢からの連絡をうれしい驚きをもって聞いた。ほんの一瞬、自分がそんな高い職位にふさわしいかどうか自問した。しかし、すぐに疑念を払拭（ふっしょく）する。アルマダ中枢は、みずからがなにをやっているのか、ちゃんとわかっているはずだから。これもまた、かれの賢明さのあらわれであった。アルマダ中枢でくだされるすべての決定にまちがいはないと、かたく確信しているということ。

イルクスト・ネンターはけっして猛々（たけだけ）しくはない。身長は一・六二メートル。衣服は着ていない。光沢を持った天然の毛皮があるから。短い毛が驚くほどびっしり生えている。ハルウェサン人でもっとも目につくのは大きな赤い耳で、まるい頭から水平方向に、まるで皿のように突きでている。目は大きくて、深い青色だ。鼻は、ちいさな半球形の盛りあがりにスリットがある。卵形の口に唇はなく、尖ったちいさな歯並びが見られる。目、耳、鼻、口が白い毛皮に穴をうがっている。一対の華奢な腕と脚があり、手足の先端に六本の指がある。下腹部には皮膚が重なって層をなした袋がそなわっており、その袋に子供をみごもる。奇妙ではあるが、男と女でちがいはなく、どちらの性もその袋を持っている。

《ギンダー》およびその他のハルウェサン艦内に、中央後部領域・側部三十四セクターのアルマダ第五八九一部隊にあたえられた栄誉を歓迎する声があがった。サルコ＝一一の優位17とシグリド人のカルサナル・ズーが、おごそかな文言のハイパーカム通信で忠誠を表明した。優位143とターツァレル・オプに関しては、自部隊への帰途についていると報告された。最後に、名なしたちに関しても報告がある。かれらは特有の簡潔さと、自分自身につけた大仰（おおぎょう）な名前で署名してきた。

〝新最高命令権者を承認する。

白い穴からやってきた者たちより〟

こうしてハルウェサン人のアルマダ艦隊内は、すべてが順調に維持されたことだろう……もし、利口な首席探知士ヴァースン・オプカーが司令室に報告をして、驚くべき新情報をもたらさなければ。

「誇りに満ちたよろこびをおじゃまするることになって遺憾でありますが、賢明な最高命令権者」と、イルクスト・ネンターに話しかける。「外でご留意いただきたい事態が起きています」

敬意を表し合うことはハルウェサン人の特性だ。仲間への尊敬が、誠実、共感、親切、規律以上に評価される。この相互尊重は、ハルウェサン人がたがいに付与する添え名にあらわれている。

利口な首席探知士はいくつかのスイッチ操作をし、複数の画面を賢明な最高命令権者にしめし、

「あれは、冒瀆者の部隊です」と、いう。「そしてここに、たえず速度を増しながらわれわれの艦隊セクターに接近している、二、三千ほどの瓦礫群がごらんになれます。瓦礫は明らかに包囲艦隊の向こう側の群れからきています。わたしは瓦礫のコースのもとをたどりました。一日ほど前に一連の衝突があり、その結果、岩塊が開口部を通って包囲球内部に飛ばされたのです。これまでのところ、どうというほどのことではないのですが、瓦礫が速度を増しているのは、腑に落ちません」

「なるほど」と、賢明な最高命令権者。「敵はどうやらなにか新しいことを考えついたようだな。おそらく、瓦礫に要員をかくし、この方法で包囲艦隊を突破しようというのだろう」

「われわれが認めていないことを？」イルクスト・ネンターがくだすであろう決断を暗

に示唆するように、ヴァースン・オプカーがたずねる。

「われわれが認めていないことを」と、賢明な最高命令権者はいう。

ほどなくして、かれは命令をくだした。瓦礫にはなんの敬意もはらわなくてよい。そのため、瓦礫部隊が包囲艦隊を突破しようと考えているらしい地点周辺に、総計五十隻の宇宙船を集めることで満足した。五十隻のうち三十隻を自分の種族から、シグリド人とサルコ＝一一からはそれぞれ十隻とするのが妥当なところだろう。旗艦《ギンダー》みずから、作戦に参加する。だが、名なしたちをわずらわせることはしない。

《ギンダー》はあらたな活動ポイントに到着すると、まず、突進してくる岩塊にいるであろう異人とコンタクトしようと、さまざまなことを試みた。どれも失敗に終わる。やがて、敵の船団に動きがあった。個々の飛行体が陣形をはなれ、いろいろな方向から包囲艦隊に突き進んでくる。イルクスト・ネンターは全艦隊に一般警報を発令した。

そしてとうとう、奇妙な岩塊群が、かれがひきいる五十隻の宇宙船グループまであと二光秒のところにきたとき、砲火を開いた。

＊

カルサナル・ズーは《ボクリル》の搭載艇大格納庫で、帰ってくる者たちを待っていた。お伴はウネモル・レンだ。ターツァレル・オプは、しずかにひっそりと迎えられることを望んでいた。かれは、おとしめられ辱められたと感じており、自分を司令官として軽んじた者の前に姿を見せたくなかったのだ。

だが、カルサナル・ズーはかれの行く手をさえぎり、真剣な表情で、

「きみがどう感じているか、わたしにはわかる」と、「いわせてもらうが、まず第一に、わたしは司令官の椅子を無理やり手に入れたのではない。第二に、この役職は一時的なものであると考える。近い将来、ジェルシゲール・アンがきっともどってくると考えているから」

オプは身振りで、ズーに恨みをいだいていないことをしめす。しかし、ズーにはまだいいのこしていることがあった。

「わたしは能力のある技師ではあるが」と、つづけて、「艦船の運用に関する経験はほとんどない。それゆえきみを、わたし直属の首席航行運用者に任命する。ペルティファー・クイとウネモル・レンは、きみの副官ということで」

ターツァレル・オプは驚いてズーを見つめ、

「本気でそういっているのか？　わたしが……きみにしたことを考えると……」

「本気でいっている」ズーはオプの当惑を救う。

かれが能力のある技師であるだけではなく、種族のなかでも秀でた識者であることをしめしたシーンは、突然、中断された。警報がけたたましい音をたてたのだ。包囲艦隊

の旗艦から、敵の進撃に対する防衛行為のために《ボクリル》をスタートさせるべしという命令がきた。《ボクリル》は、対岩塊群作戦にイルクスト・ネンターが選んだシグリド艦十隻のうちの一隻だった。

それまではくつろいだ雰囲気だった《ボクリル》が、わずか数分後には、厳格な服務規程が支配する戦闘艦に変わった。カルサナル・ズーは、ターツァレル・オプを首席航行運用者に任命したと公表した。その発表は、ズーを知る人々にはなんら驚くことではなかった。ズーはなにがしかの方法でオプと折り合いをつけたにちがいない。かれは有能な心理学者だ。そのやり方が思慮深さを物語っている。

司令室でターツァレル・オプが命令を受け、《ボクリル》は始動した。探知・走査機には接近してくる瓦礫部隊だけではなく、敵部隊の個々の船から飛びたつ作戦行動もうつっている。冒瀆者たちがなにか決定的なことを計画しているのは、明らかだ。かれらの行動には、混乱をもたらす目的がある。真の意図を見定めるために、かれらの動きを逐一観察しなくてはならない。

十二分後、《ボクリル》はあとの四十九隻とともに、比較的密着した編隊を組んだ。イルクスト・ネンターの命令はデータ・チャンネル経由でとどき、すぐに艦内コンピュータに送られ、同時に司令室の端末にあらわれる。瓦礫群はもうわずか一光秒のところにいて、編隊の現在位置まで四分とはかからない速度で動いている。

もちろん、だれも、ここまでこさせるつもりはない。五十隻の艦は全砲火を開いた。向こうの岩塊群で、地獄の炎が燃えあがった。瓦礫には防御システムがそなわっておらず、弱いバリア・フィールドすらない。そこにくりひろげられる悲劇を想像して、カルサナル・ズーは戦慄した……岩塊が有人であるというイルクスト・ネンターの推測が正しいとしたら。

鋭い警報音で思考が中断された。

「一から十四までの武器ステーションに故障あり」自動音声によるアナウンスだ。

ズーは跳びあがった。

「どういうことだ?」司令室じゅうにかれの声がとどろいた。

目の前にある走査機スクリーン上に、カラフルな波形パターンがうつっている。探知機の画面が暗くなっていた。あたりを見まわす。ほかのステーションでも同じことが起きていた。《ボクリル》は盲目状態だ。

「走査・探知システム、ダウン」自動音声が告げる。

強大な艦に衝撃がはしる。反重力システムが一時的に停止。ズーはわきにほうりだされ、したたかに床に打ちつけられ、なんとか立ちあがった。司令室はかしいでいる。どうなっているのだという思いで周囲を見つめた。そこらじゅうに驚愕の叫びが満ちる。負傷者がうめき、警報がけたたましい音をたてていた。ズーは自分のコンソールにたどりつこうと、必死で三十度の角度をのぼった。シートはもはや使いものにならない。身を乗りだし、装置の角でからだを支え、イルクスト・ネンターの接続コードを押そうと試みる。

目のすみで動きをとらえた。驚いて振り向く。目の前に、ちいさくて見慣れない生物が立っている。宇宙服を着用しているが、透明なヘルメットごしに尖った頭、ふたつの大きな耳、口が見えた。その割れた上唇からたくましく育った一本牙が突きでていた。その生物は、黒くてまんまるな目で親しげにこちらを見ている。ヘルメットの上方にアルマダ炎がないとわかり、ズーは驚愕した。

甲高い声がした。異生物のヘルメットの膨らんだところにある発話装置から聞こえてきたのは、アルマダ共通語だ。

「これを教訓にしてね」と、その声。「自分たちを過大評価してるみたいだけど、ぼくらはどこにいたって、いつだって、あんたたちのこと捕まえられるよ」

そういうと、あとかたもなく消えた。異生物がさっきまで立っていた場所を、カルサナル・ズーは茫然自失で見つめた。

「第三グーン・ブロック、エンジン停止」自動音声がノイズのなかから聞こえた。

「退却する！」ズーは大声で、「アルマダ牽引機を呼べ」

手で目をぬぐう。あれは幻覚だったのだと、ほとんど信じかけていた。そのとき、コンソールの前にいたペルティファー・クイが目に入る。ななめになった床で、なんとかからだのバランスをたもとうと苦労していた。目は深いくぼみの縁から飛びだしそうだし、発話漏斗はなすすべなく震えている。ようやく、言葉が出てきた。

「見たか……きみも、あれを……見たか？」

7

ほんのちっぽけな、ほとんどわからない光をはなつ異宇宙艦が、影のようにゆっくり近づいてくる。このあいだにニッキ・フリッケルは減速して潜航飛行していた。異艦は複雑な構造をしている。どっしりしたタンクのような本体部分から筋交い(すじかい)が四本、尾部に向かってシンメトリックに枝分かれしている。筋交いの先には、一辺の長さが数百メートルはある直方体のブロックがくっついている。

あのような飛行物体の図解を、ニッキはおぼえている。それを見たのは、クリフトン・キャラモンが特殊任務から帰還したときのことだ。シグリド人と名乗るアルマダ種族の艦だった。

気がつくと、びくついた気持ちがおちついていた。まわりじゅう混沌が荒れ狂っている。アルマディストはどんどん撃ってくる。とっくに数が減っている瓦礫部隊に対して、ひっきりなしに砲火を浴びせてきた。岩塊が次々と核爆発の青白い光に変わり、消滅していく。しかし、暗闇と高エネルギー性インパルスにまぎれて敵艦隊に接近するパイプは、まだどれも探知されていない。

遠目には滑らかで継ぎ目がないように見えたタンクの表面は、近づいてみると、ごつごつしているのがわかる。ニッキはゆっくりと情報を収集し、かなりの数のたいらなドームを発見した。なかでは不規則に色とりどりの光がはなたれている。自動武器ステーションだと、彼女は推測した。奇妙な形状のハイパーアンテナに注意を引かれる。ちいさな深皿のようなかたちをした突出部がたえず回転している。探知・走査機以外の何物でもなかろう。

もっとも彼女の興味を引いたのは、タンクからななめ後方に突きでた巨大な筋交いだ。断面はほぼ円形に近く、直径は六十から七十メートルある。先端についている直方体は、いわゆるグーン・ブロックにちがいない。船のエンジン的な役割をはたしている。近づいてみることができれば……

「くそ、われわれ、じきにあそこだな?」ヘルメット・テレカムからナークトルのうなるような声がする。

「まだ数秒あるわよ、赤髭の戦士」ニッキがからかう。

ある種の多幸症に襲われそうだと、彼女は気づいていた。これまでなにもかもが順調だったので、この先も困難なことは起きないだろうと無邪気に思ってしまう。気をつけなければならない。アルマディストが瓦礫部隊に浴びせた掃射が、かれらが事態を深刻にとらえていることをしめしている。用心をおこたった者は身を滅ぼす。

弱い揺れがパイプをはしった。ニッキはドームの開口部を操作すると、せまいパイプから外に這いだした。機械的な手の動きで、グラヴォ・パックの値いを〇・五に調整。あたりを見まわす。光源の輝きが艦の表面のあちこちで屈折している。宇宙塵の薄い層が外殻のわずかな重力によって集まり、ほんのすこしだけ拡散する。目が闇に慣れてくると、状況がわかる。

ナークトルがニッキにつづいて這いだしてきた。

「あそこが武器ドームだ」と、ささやく。

非現実的だ。宇宙船の外殻上にいるという感覚はなくなり、見捨てられた死の町のまんなかに立っているようだった。いたるところに、建物が林立している……いや、建物ではない。武器ドーム、エアロック塔、探知設備、アンテナや走査機などだ。恐ろしいことだが、同じくパイプで着陸した瓦礫部隊のさらに五十人から六十人がどこか近くにいて、敵をできるだけ困難に追いこもうと手ぐすね引いている。三千二百人が五十隻の艦に分散していた。かれらとのコンタクトはない。アルマディストに傍受されるかもしれないから、広範囲をカバーする通信は危険なのだ。ヘルメット・テレカムの到達範囲はほんの数メートルに調整してあった。だれもがごくそばの者としか話せない。

ニッキは、ナークトルといっしょにパイプを固定する。これでパイプが流されることはない。ヘルメット・ヴァイザーの近距離探知機の表示を仔細に見る。近くに危険はない。

「あの武器ドームに向かうわよ!」と、ナークトルにいう。

ニッキは、下のほうが不気味に光るドーム形の構築物へと、滑空していく。セラン防護服の大きなポケットに入れてきた数ダースのカプセル爆弾のひとつをとりだし、やすやすと固定して、引き返してくる。直後に、目もくらむばかりの火の玉が大きく膨らんで、暗闇に飛び散った。かれらの足もとの金属製外殻の表面にかすかな振動がはしる。音がしないのが不気味だ。

「砲台をひとつ、つぶしてやった」ナークトルが辛辣にいう。

「次へ行くわよ」ニッキがナークトルをせかす。「パイプの場所をおぼえておいて」

ニッキは滑るように移動していく。近くで、どっしりした艦体から筋交いの一本が動いた。ニッキはそれに向かって進んでいく。グラヴォ・パックは指示どおりに反応し、加速しながら、筋交いにそってエンジン・ブロックのほうへ彼女を押しすすめる。ぶあついガラスの舷窓が下のほうへ移動していく。そこに動きが見えたが、ぼやけていて不明瞭だ。とまって好奇心を満足させる時間はない。筋交いは千メートル以上の長さがある。高さ二百メートルのグーン・ブロックの滑らかな壁が、彼女の前でゆっくりと持ちあがった。

シグリド艦の四エンジン・ユニットのひとつを形成するブロックの表面で、ニッキはどうすることもできないほどの孤独を感じた。ここでなにかを達成できるなどと、どうして思えたのだろうか？　これはテラニア都心の建物四棟ぶんくらいの大きさだ！　入念にカプセル爆弾を配置したとしても、引っかき傷をのこせる程度のことだろう。

グーン・ブロックの後部側面に浮遊していく。たいらな表面に着地し、垂直方向の壁に巨大な噴射ノズルが四角く配置されているのを見た。漏斗状の噴射口から、淡く謎めいた光が出ている。ニッキは、アルマダ艦のエンジン・メカニズムを知らない。淡い光は、巨艦を前進させるエネルギー・フィールドのあらわれかもしれない。いずれにせよ、そもそも損害をあたえられる希望の持てる場所が唯一あるとしたら、そこだ。ニッキはポケットから手にいっぱいのカプセル爆弾を出し、慎重でむだのない手さばきで下に向けて送りだす。それらが暗闇に消えるまでしばらく観察。それから身を起こすと、グーン・ブロックの上方、筋交いが固定されているところへと浮遊し、安全な距離から起爆信号を送った。

グーン・ブロックのまっすぐな輪郭が明るくなった。灼熱のきらめく炎が、後部側面の縁から高くあがる。ニッキが着地していた面が振動し、突きあげられたが、その力をグラヴォ・パックが中和した。そうでなかったら、なすすべなく暗闇にほうりだされていたことだろう。ニッキは腕も脚もひろく伸ばしてたいらな金属にしがみつき、必死になって方角を見定めることのできる基準点を探した。遠くのほうで最後の爆発がある。これで、のこりの瓦礫はすべて藻屑となった。ニッキはぐるぐるまわりはじめる。シグリド人の船が回転しはじめたのだ！

グーン・ブロックの後部がカオス状態になり、核の炎がエンジン・システム内部をのみこむ。規模の大きい一連の爆発が巨大構築物を揺るがす。ニッキはからだを起こした。グラヴォ・パックを弱に調整し、タンク形の宇宙船胴体部に向かい、筋交いにそって滑るように移動する。

自分がなしとげたことに誇りを持ってもいいのだが、奇妙な空虚感しかなかった。

＊

何者かが暗闇からいきなり目の前にあらわれる。ニッキは本能的に、ベルトの大型ブラスターの銃把を握った。

「あわてないで、美しいご婦人」彼女のヘルメット・テレカムで、きんきら声がした。

「きみの最大の讃美者を撃ち倒したくはないだろ？」

「グッキー！」ニッキは驚きのあまり、思わず声を出した。

「そうさ、不滅の宇宙ウサギだ」ニッキとはじめて会ったときの発言をほのめかして、イルトは答えた。

「いったいどうやってここにきたの？　対超能力フィールドに関する噂では、あなたたちミュータントは……」

「フィールドより賢いのさ。ラス・ツバイがフィールドを回避する方法を開発してね」

グッキーはニッキの発言に割りこんだが、突然、真剣になり、「アトランから連絡だ。混乱作戦は完璧に成功した。アルマディストは、なにがなんだかわからない状態におちいっている。ぼかあ、この艦の司令官に会ってきたよ、考えさせるためにね。アルコン人がきみたちを任務から解放したので、次のチャンスで撤退してよ」

「ありがとう」と、ニッキはいった。

「ごきげんよう、美しいご婦人」イルトは手をあげて挨拶し、親しげにからかうようにいった。「できるだけ早く、知らせを周知しなくちゃなんないからね」

次の瞬間にはグッキーはもういなくなっていた。ニッキはヘルメット・テレカムを調整しなおした。秘密の時間は終わりだ。いまはもうシグリド人に安心して知ってほしい。自分たちの艦の外殻にくっついていたものがなんだったのか、いかなる招かれざる客がそれを引っ張ってきたのかを……自分たちではまだ探りあてていないなら。数分後、破壊工作者たちはパイプにもどり、安全を確保していた。

ニッキはその動作の途中で三つの見慣れぬ輪郭に気づき、身をこわばらせた。

それらはずんぐりしたシリンダーで、上と下は円錐形のひろく突きだした殻でおおわれている。さまざまな太さや配列のたくさんの触手状アームが、絶え間なくはげしく動いている。光るレンズ、シリンダーの表面上に散りばめられた色とりどりのライト。ニッキの意識内にある記憶がよみがえる。キャラモン、グッキー、ラス・ツバイが出動から帰ってきたとき、この種の構造物のことを語っていた。アルマダ作業工……いつでもどこでも無限アルマダの技術援助をする、じつに多様な能力を持つロボットだ。

それがニッキのほうに近づいて、しなやかな把握手を伸ばしてくる。武器を装備したロボットだが、ここでは獲物を無傷で捕まえようとしている。

グラヴォ・パックを力いっぱい押して、彼女は垂直に上昇した。アルマダ作業工三体はすばやく反応したが、ニッキは驚くべき動きで半秒のリードを可能にし、銃をブラスター・モードに切り替えた。おや指ほどの太さのエネルギー・ビームが、先頭の追跡者を無音でつらぬく。ロボットはもんどりうって、先頭との間をおかずに追ってきたほかの二体に衝突。外殻が燃えはじめ、灼熱がひろがる。ロボットは燃えさかり、四方八方に飛び散る爆発のなかに消えた。そのせいで二体はよろめき、ひどく損傷した。

ニッキは下降する。

「作戦完了！　撤退！」到達範囲を最大にセットしたヘルメット・テレカムで、耳をつんざくような声をあげた。「すぐ姿をくらますのよ。アトランが飛んできたって、もう遅いわ」

　パイプをナークトルとともに固定した場所に急ぐ。スプリンガーはすでにそこにいた。ちょうどせまい容器のなかにからだを押しこみはじめているところだ。ニッキはかれのあとから入ろうとした。そのとき、何者かがとんでもないスピードで、腕を振りまわしながら接近してくる。

「待て！　わたしも入れてくれ！」興奮した鋭い声が聞こえた。

「くそ、自分の爆弾に乗りこめばいいじゃないか」ナークトルがパイプのなかでぶつぶついっている。

「どこにあるかわからないんだ」ウィド・ヘルフリッチが嘆く。「迷ったようだ」

「あんたたちみたいな戦士しかいないのかしら」と、ニッキが高らかに笑っていう。

「ひとりは、着陸時に自分が乗ってきたのを粉々に壊してしまうし、もうひとりはなくしてしまうんだから！」

　ナークトルに悪態をつかれながら、ウィド・ヘルフリッチがパイプのなかに這ってきた。しんがりはニッキだ。ドーム形コクピットのカバーを閉め、すべての装置が問題なく機能することを確認する。

「みんな、用意はいいわね」マイクロフォンに向かっていった。「あと数分でハッチを閉めて！」

　パイプはシグリド艦から離陸し、暗闇に打ちだされた。ニッキは自分たちの位置を確認するのに、明るく輝くリフレックス群を基準にした。それは五隻の護衛艦をともなった《ソル》だ。突撃隊の帰還を守るために、アトランが準備したのだった。

＊

「その時がきた」

ウェイロン・ジャヴィアは見あげなかった。ペリー・ローダンの重々しい声を聞いてうなずいただけだ。ある角度から光があたると透明に見えるかれの華奢な手が、一連のキイ操作をする。

またべつの声がした。

「かれらが通してくれると、たしかにそう考えるのか、テラナー？」

「たしかなことなど、われわれの任務にはない」ローダンはおちつきはらっていう。

「チャンスはあるということだ。ニッキ・フリッケルの突撃隊と数隻の船が進撃したことで、敵を混乱におとしいれた。われわれの行動をどう理解すべきなのか、敵にはわかるまい。この状況下で突破できなければ、われわれ、けっしてなしとげられない」

ひとつ目の男が納得したようには見えない。

「包囲艦隊だけにかかわっているのではないことを忘れるな」と、警告する。「きみの行く手をさえぎるために、敵はさらなる何百もの部隊を送りだしてくる可能性がある」

「そうはしないだろう」と、ローダン。「無限アルマダの領域内はどこもしずかだ。われわれが直面している局所的な問題に対し、それ以外のはてしなくつづく大軍は関心がないということ」

タウレクは譲歩しない。

「突破したとして、それでどうなる?」と、たずねる。

「見とおしのきかない宙域に入る。瓦礫フィールドのどまんなかだ。アルマディストはもう、われわれを不意に包囲することはできないだろう」

「それから?」

「交渉だ。われわれには、フロストルービンの現在の状況に対するいかなる責任もないと、無限アルマダにはっきりわからせる。アルマダとの合意は必要不可欠だ。われわれが答えを見いださなければならない三つの究極の謎のひとつに関係しているのだから」

「われわれとは、だれのことか?」

ローダンは振り返り、質問者を注意深く見た。黄色の目。その目には、自分は関係ないというようなあざけりの気配があった。

「深淵の騎士」と、ローダンは答えた。「そして人類および銀河系諸種族。なんなのだ……わが良心をテストしているのか?」

「そうではない」タウレクは笑った。「わたしにそのような権限はない。きみの見解に興味があるのだ。しかし、アルマダが交渉を望まない場合はどうなる？　きみを自転する虚無のなかに押しこむために、かれらが全力を投入したら？」

「《ソル》から連絡です」機械音声がいう。

ローダンはハイパーカム受信機のほうを振り返った。スクリーンにアトランの顔がうつる。金赤色の目に感激の炎が輝いている。

「思ったとおりの状況だ」と、アトランは報告した。「包囲艦隊は動揺している。展望を見失っている。突破するぞ！」

ローダンはうなずき、

「われわれ、向かっています。突撃隊に関してなにか知っていますか？」

「ゾンデが、あらかじめ決められた集合ポイントに近づいている三千以上のパイプを確認した。《ソル》はかれらを収容する準備ができている。試算では、損失は八パーセント未満だ」

「八パーセント……二百五十人近い人員に該当しますね」ローダンは胸が痛む。

アトランの視線が動かない。

「それはわかっている」と、答える。「戦士たちを収容すれば、とりかえしのつかない損失なのか、捕虜になったのか、明らかになる」

「集合ポイントで会うことにしましょう」ローダンはそういって、接続を切った。

数秒間、目を伏せたまま立っている。ようやく視線をあげてタウレクのほうを見、「わたしはあなたの最後の問いをかわすつもりはない」と、いう。その声には奇妙な、ほとんど楽しんでいるような響きがあった。「あるよき友がその問題にとりくんでいるので、まもなく解決策が出るものと期待できる」

ひとつ目の男は驚き、

「よき友？　だれだ？」

「あなたには関係ないが、いいだろう」ローダンはにやりとし、「ハミラー・チューブだ」

＊

探知映像は混乱していた。銀河系船団は動きだしたものの、アルマディストの混乱を大きくするため、いまもいくつかの部隊は作戦実行中である。近くで、包囲艦隊からはなれてきたリフレックスが光る。そうこうするうちに、五十隻のアルマダ艦に向かって突き進む《ソル》と護衛艦の光点が混ざり合う。船団の近くでは、数分前から弱い光のリフレックス群があらわれていた。突撃隊が帰路についたとき、アルマディストはようやく敵の戦術がわかり、くわえていくつかのパイプを探知した。鈍い光は、アルマダ艦が輸送パイプ追跡のために送りだした搭載艇だ。

こういう展開になることは、アトランはとうに見とおしていた。《ソル》および護衛艦が進撃した目的は、アルマディストをさらに混乱におとしいれて銀河系船団の撤退をおおいかくすだけではなく、追跡者を阻むためでもあった。《ソル》は砲火を開いた。部隊の全体方向と追跡者の群れに向けて攻撃する。しかし、その砲火はねらいをさだめたものではなく、大雑把で、武器コンピュータの機能不全を疑わせるほどのものだった。それでも、追跡者のかすかなリフレックスはあっという間に消え、母艦にもどった。探知表示がはげしく明るくなる。敵の砲火に対する防御のためにアルマディストがフィールド・バリアを活性化したのだ。それはニッキ・フリッケルが突撃隊の戦士たちに警告した瞬間だった。まだアルマダ艦の外殻にいた者は、フィールド・バリアに捕らえられ、帰還の道を遮断されてしまった。ニッキは暗闇に向かって、すべてを統べる者に短く祈り、テレポーターふたりの知らせがすみやかにひろまることを願った。

探知機のちいさな画面で見る映像の混乱は大きく、味方も敵も区別がつかなくなっていた。包囲艦隊が明らかに動きだした。瓦礫部隊が消えたことに責任のある五十隻の部隊は、《ソル》や護衛艦の砲撃に対して断固たる報復はしなかった。いずれにせよ、《ソル》の行為がなにがしかの印象をあたえたようだ。《ソル》は方向転換する。アトランは自分がしかけた砲撃がなんの損害もあたえなかったことを望んだ。そのせいで、アト交渉しようとしているペリー・ローダンの立場を危険にさらすようなことになってはならない。《ソル》と護衛艦は、まっすぐパイプ群に向かうコースをとり、あらかじめ突撃隊メンバーを収容すべく決められていた集合ポイントへと向かった。

　無限アルマダの五十隻の部隊はばらばらになり、全体的に大混乱におちいっていた。ニッキは、そろそろ包囲艦隊の開口部を突破するはずの銀河系船団の出現を待っている。しかし、光りながら通りすぎるあふれんばかりの探知リフレックスから、特定の部隊を識別するのは不可能だとわかった。

　ただし、ひとつだけ、彼女の目を引いたものがある。はるか向こうにアルマダ艦がつくる網のひとつの面……数兆平方キロメートルほどはあろうか……が、ここ数分でそうとう薄くなったのだ。敵はかなりの数の宇宙船を撤退させたようだ。どういう目的でそうするのか、ニッキの経験からははかりしれない。包囲艦隊の外縁部は、彼女の小型探知機が探知できる限界ぎりぎりのところにある。撤退した宇宙船までは探知できない。

　二時間後、ニッキはパイプを横軸回転させ、原始的なエンジンで減速して進んだ。《ソル》の独特の輪郭が暗闇の向こうからあらわれるまで、さらに九十分かかった。どっしりした船は反撥フィールドを展開している。パイプはのこりの航程をこなしてまっしぐらにそこをめざす。《ソル》のシリンダー部にある明るく照らされた大きなエアロック・ハッチが開いた。パイプが次々と入っていく。乗員がせまい容器から這いでてくる。何時間も身動きできない状態でいたため、こわばってぎこちなくなっているからだで、隊ごとにまとまって船内に進み、重い宇宙服を脱いでほっとした。

アトランみずからエアロックをチェックしていた。ニッキがアトランに報告する。

「作戦は抜群の成果をあげた」アルコン人は讃（たた）えた。「銀河系船団は瓦礫フィールドに向かっている。行く手を阻む者がいるようには思われない」

「わたしたちはどうするのですか？」ニッキがたずねる。

「追撃する。最後のパイプが船内に収容されるまであと半時間ばかりだ。それまでにアルマディストが開口部を閉じることはできない」

「わたしもあなたのように、自信が持てればいいのですが」ニッキは考えながらいう。

五本のパイプが同時に帰着するのを注意深く見守っていたアトランが、驚いたように目をあげて、

「どういう意味だ？」

ニッキは、包囲艦隊の網に穴が生じていたのを目撃したことを話し、

「何者かが数万の部隊を撤退させたのです」と、締めくくる。「わたしがいぶかるのは、それにどういう意図があるのかということです」

アトランの視線に驚きがひろがり、刺すように鋭く、

「たしかなんだな？」と、きいた。

「目撃しましたから」ニッキは簡潔に答えた。

アルコン人は《ソル》司令室とコンタクトをとった。ニッキから聞いたそのままを伝え、探知記録に目を通し、そこに敵の意図がなにか読みとれるものはないか報告せよ、との指示を出した。

「どういうことかすぐにわかる」アトランはニッキに向かって、「が、そのあいだに、突撃隊がどんな危険にあったのか、《バジス》では知りたがっている」

「どうしてですか？」話題の転換にニッキは驚き、思わずきいてしまった。

アルコン人はスクリーン上で、まさにいま大エアロックの開口部を滑るように入ってきたパイプをさししめす。ちょうどコクピットが開いて、乗員が外に出てきたところがうつっていた。

「あれが最後だ」と、いう。「千百十八の飛行体。のこりはどうなった？」

信じられないというようにニッキはスクリーン映像を見つめた。いままで、損失があったかもしれないなどと考えることはなかった。なにもかもが円滑に進行し……全員が帰還するわけではないなどと、だれが考えたろうか？

よるべないまま、ニッキは希望が持てそうな唯一の記憶にすがりついた。

「アルマダ作業工に攻撃されたんです」と、口ばしる。「でも……ロボットは、われわれの命を奪おうとしているようには見えませんでした。無傷で生け捕りにしようとしている気がしました」

アトランは深刻な面持ちで、

「ほかのケースでもそうだといいのだが。ほかのチームの報告を聞いてみる必要がある。かれらがただ捕まっただけというのなら、とりもどせる」

そうではない無慈悲なケースに関しては、アトランは語らなかった。ニッキはぼんやりした意識のまま、ウィドとナークトルのところへもどっていった。

8

最初、賢明な最高命令権者は賢明さで劣る艦長たち同様に、混乱により打ちのめされた。しかし、イルクスト・ネンターは粘り強い。解けない謎が嫌いだし、なぶりものにされることにがまんがならない。使える手段はすべて投入し、敵の陰謀を明るみに出せと、首席探知士のヴァースン・オプカーにいいわたした。ヴァースンはただちに仕事にとりかかる。

そのあいだに、最高命令権者の旗艦である《ギンダー》に奇妙なことが起きた。エンジン・セクターがダウンし、兵器スタンドがふたつ機能不全を起こし、ハイパーカム・アンテナは故障した。イルクスト・ネンターはアルマダ作業工に助けをもとめた。ロボットは、招かれざる客が《ギンダー》外殻にいて、機能不全はかれらのせいであると確認した。だいたいは追いはらい、数人は捕らえたという。だが、イルクスト・ネンターには囚人を気にかける時間がなかった。利口な首席探知士ヴァースン・オプカーが、データのなかに重要と思われるものを発見したので。一日以上も前に、ハルウェサン人の一ゾンデが、必要な注意をはらっていさえすれば敵の行動を判断するのにきわめて重要な観察をしていたことが判明したのだ。

そのゾンデは宇宙の瓦礫フィールドに飛び、ある岩塊の表面で電磁スペクトルの可視光を記録した。このことからしてすでに奇妙なのに、そのすぐあとにエネルギー放電が観測されたことで、ヴァースン・オプカーはさらに興奮した。放電はしかし、ほんの一瞬のことだった。放電がやむと光も消えた。

それを理解するのはむずかしくない。異人は長い時間をかけ、瓦礫部隊による攻撃を、細心の注意をはらって準備した。岩塊にいた要員は近づいてくるゾンデに気づき、自分たちがそこにいるシュプールを消し去ろうとしたのだ……とはいえ、かなり素人っぽいやり方だったが。イルクスト・ネンターは首席探知士に、包囲艦隊のすぐ向こう側にある瓦礫片の位置関係を精密に調査して分析するよう指示をあたえた。というのは、異人たちはひょっとすると、ここを立ち去るつもりではないか、という疑いが生じたからだ。そのような行動の利点は明白だろう。立ち去った先のほうが、瓦礫片のないここの宙域より、ずっと包囲されにくいのだから。

次々と生じる事態に、賢明な最高命令権者の全注意力がもとめられた。瓦礫部隊による脅威を阻止するために出動した五十隻の艦は、大混乱をきたしている。岩塊は破壊したものの、いまとなっては、なんの価値もない目標を撃ったことがわかった。瓦礫部隊の乗員たちはタイミングよくそこを立ち去り、アルマダ艦の外殻で悪事を働いたのだ。とくにシグリド艦《ボクリル》はひどい損害を受け、エンジン・システムが甚大な被害をこうむったため、曳航されるしかなかった。

引きつづいて異人の小部隊による攻撃があり、イルクスト・ネンターはどう対処していいのかわからなかった。敵はあらゆる砲塔から撃ってきたが、明らかに命中するようにはしておらず、アルマダ艦の外殻に災いをもたらした部隊の撤退をじゃまされないようにしていただけだったということが、あとになってわかった。しかし、そう気づいたときには、効果的な追跡をするには遅すぎた。

それからヴァースン・オプカーが、非常に興味深いデータをいろいろ持ってもどってきた。かれの添え名である〝利口な〟は、他者の立場で考えることのできる能力ゆえである。ヴァースンは想像してみた……自分が異船団の指揮官で、優勢な敵に包囲されており、のこされた逃亡ルートは操船がきわめてむずかしい宇宙の瓦礫が満ちあふれている宙域しかないという場面を。自分だったらどういう行動をとるかを思い描き、その考えをコンピュータにわたす。コンピュータは一連のシミュレーションをした。

結論が見えたとき、イルクスト・ネンターは猛烈な活動の鬼と化した。五十隻の宇宙船グループを解散し、七万隻で構成されているハルウェサン全艦隊に警報を発した。指示は簡潔で、艦載コンピュータに直接発せられたので、一秒のむだもなかった。ハルウェサン艦が発進するのに数秒しかかからなかった……利口なヴァースン・オプカーが、いわばでっちあげた目標に向かって。

＊

「ポイントとなるのは」と、ハミラー・チューブの柔らかい声。「とてつもない高負荷が機器類にかかるのを……といっても、ほんの一瞬ですが……中和することです。わたしの計算によると、各船のジェネレーターでそれができます」

「その方法は安全で、まちがいないんだろうな？」疑わしげにペリー・ローダンが問う。

「ジェネレーターの完全動作を前提にすれば……イエスです」

「完全動作とはどういう意味だ？　リスクの大きさは……」

「わたしがあなたの立場なら、サー」親しげな声がローダンの発言をさえぎり、「即刻、全発電システムの点検を命じます。弱点を発見し、除去しなければなりません」

「そうするとして」と、ローダンはうなずき、「だれもが自問するだろうな。よりにもよってこのタイミングで、どうしてそのようなことをする必要があるのか、と」

「無限アルマダが、格段に破壊力のある武器を使用する疑念があるからです、サー」と、ハミラー・チューブがいう。「二百パーセントの効率を持つフィールド・バリアを張る能力が、なにより不可欠になるということ」

「嘘がうまいな、ハミラー」ローダンはほくそえむ。

「ちょっとした罪のない嘘です、サー。結局のところ、われわれすべての幸せが重要ですから」

「きみにとってもか？」

「わたしにとってもです、サー」

「ロボットにとっても幸せがあるとは、知らなかった」

「あなたがなにを考えているか、わたしにははっきりわかりますよ、サー」ハミラー・チューブは答えた。「ほかにも数人が試みました……巧みに探りだそうとした者も、そうでない者もいましたが。わたしのようなコンピュータでも、幸せであることに留意するものです。生体要素があるかないかは、こういう場合、関係ありません」

「了解した、ハミラー」ローダンは笑って、「決定的な瞬間には、フィールド・バリアがぎりぎりのところまで……」

「通常時の最大負荷の二百パーセントです、サー」と、ハミラーが訂正する。

「よかろう。その状態になったことを、どうやって知ることができるのだ？　われわれ、光速ぎりぎりの全速力を出しているわけだし、どのセンサーも警告を発することができない」

「見解の相違です、サー。この手の巨大なねじりモーメントの存在は記録可能です。そこで、提案ですが……」

ハミラー・チューブとの個人的なおしゃべりは二時間つづいた。そのあいだに《バジス》と銀河系船団は、敵の包囲艦隊が開いたままにしてあった開口部を抜けて、見とおすことのできない広大な宇宙の瓦礫フィールドに入った。ハミラー・チューブが綿密な考察を語るほどに、ローダンは確信した……無限アルマダがペリー・ローダンとの交渉を拒絶したとしても、状況はまだ絶望的ではないと。

その確信を携え、かれは司令室へ行く。ウェイロン・ジャヴィア、タウレク、ジェン・サリクが、探知データの山を分析するのに忙殺されていた。その理由は好ましいものではなかった。かれらの顔を見ればわかる。

「《ソル》から報告です」と、ジャヴィアが目をあげていう。「突撃隊メンバーによる観測ですが、包囲艦隊の一部……四分の一以上が撤退したということです。《ソル》の探知部がそれを確認しました。しかし、どこへ消えたのかは突きとめられません」

「それは心配することなのか？」と、ローダンがたずねた。

タウレクはびっくりした視線をローダンに投げかけ、

「きみの無邪気さにはときおり驚かされる、テラナーよ」と、いう。「敵がきみの意図を見抜き、先手を打とうとするのは、考えられないことではないだろう？」

「考えられないわけではないな。だが、かなり的はずれだ」と、ローダン。「われわれに対して先手を打とうというのなら、われわれがどこにポジションをとるかを知っている必要がある。どうやったらそんなことがわかる?」

「きみ自身はどうやって知ったのだ? シミュレーションを使ってではないのか、あの賢い女性による……なんという名前だったか……」

「ニッキ・フリッケル」ローダンは考えこむ。タウレクのいうことはもっともだ。ニッキは、可能性のある一連の場所から、もっとも都合がよくてもっとも望ましい特定の基準をもとに、ほかならぬその場所を探しだした。ニッキのシミュレーションをなぞって同じ結果を得るのは、だれにでもできる。

「おろかしいことですが、われわれのデータでは《ソル》がやった以上のことはできません」と、ジェン・サリクが、「われわれ、敵の部隊およそ七万が、幽霊のようにスクリーンから消えたのを確認しました。しかし、かれらがなにをたくらんでいるのかは、突きとめられません」

たしかに脅威の可能性がある。しかしローダンは、ハミラー・チューブと話したあと、あまり深刻にとる理由はないと考えていた。

「気にとめるほどのことではないと考えているのですね」ジェン・サリクがやんわりと非難するようにいった。

「まるでトランプのエースを袖下にかくし持っているようだ」タウレクが、好んで使う的すみやかに実行するようにと。

「たぶん、持ってるのだろうな」ローダンはにやりとすると、振り返って、もっとも近くにあるハミラー・チューブへの接続端末から指示を出した。討議した準備処置を可及的すみやかに実行するようにと。

*

「英雄的行為への道は死を賭する」ウィド・ヘルフリッチが厳粛にいう。

「いままで聞いたなかでいちばんくだらない格言だ」ナークトルがぶつくさいう。

「引用しただけで、わたし自身の意見ではない」と、ウィドは自己弁護した。

「おしゃべりはやめて」ニッキが腹をたてて、「だれも死んだりしていない！　アルマダ作業工に捕まったのよ、きっと。わたしももうすこしで捕まるところだった」

「そうだな」と、スプリンガーがなだめるように、「われわれ、アルマディストと和解することになるだろう。そうしたらかれらは自由になる」

「二百五十人か」と、ウィドがつぶやく。

ニッキは、これといった特徴のない周辺の暗闇をうつしている小型スクリーンに歩みよる。《ソル》は、光速の八十五パーセントの速度で、銀河系船団との集合ポイントをめざしていた。スクリーン右上、四分の一のところの、ぼんやりしたちいさな光に、ニッキの注意が向けられた。あれはなんだろう？　記録装置の光学的な誤り？　自転する虚無の向こうにある、数百万光年かなたの銀河？

《ソル》は、包囲艦隊の宙域をとっくに立ち去ったはずだ。眼前には、無限アルマダの二度めの奇襲攻撃から身を守るために、ペリー・ローダンが二万隻の部隊を配置しようと考えている宇宙の瓦礫フィールドがある。成功だ！　敵をまんまとひっかけた。かれらはたいへんな混乱を引き起こしてしまい、作戦の本来の意図がどこにあるのか、ぎりぎりになっても認識できなかったのだ。《ソル》と護衛艦は、包囲宙域から撤退した最後の部隊だった。それが突破に成功したのなら、のこる船団はとっくに安全だ。ニッキは以前のように、自分たちがなしとげた仕事の成果に誇りを持ってもいいはずだった。しかし、またもや空虚な感じがして、打ちひしがれる気分なのだ。頭のなかで、ウィドの言葉がくりかえされる。二百五十人……

《ソル》が制動をかけていると、本能的にわかった。それは説明できない感覚だ。船の運動状態とは無関係に、船内の人工重力はつねに一Gに調整される。そのために反重力システムがあるのだから。速度の変化をニッキに知らせたのは、ある種の第六感……何年も宇宙空間ですごしてきて発達したセンサーのようなものだったのかもしれない。あるいは、エンジンが発する振動を感じたのか。

彼女は目をあげた……現在《ソル》が疾駆している宙域に、すくなくとも瓦礫塊の影くらいは見られるだろうかという期待半分で。瓦礫フィールド内部での機動は危険だ。セネカのような高性能インポトロニクスでさえ、ある速度をこえると機能を発揮しない。

「目標地点に到着」船内放送の機械音声がいう。「銀河系船団との集合ポイントです。瓦礫部隊の要員は……」

あとは、けたたましい警報サイレンにかき消された。

ナークトルが毒づきはじめた……

＊

ローダンは啞然として、大型探知スクリーンを凝視する。瓦礫フィールドのぼんやりした光点のあいだに、力強く光るリフレックスが次から次へとあらわれたのだ……数百、数千……

「あそこを見ろ、テラナー!」タウレクが憤怒の声をあげる。

ローダンは、敵司令官の巧みな航法に感心せずにはいられなかった。異艦隊はハイパー空間から実体化した。遷移飛行で艦隊を導き、高次連続体から突然あらわれたということ。一方、銀河系船団はなにも知らず、予定ポジションにつこうとしている。

「なんという果敢さだ!」ジェン・サリクが熱をこめていった。

ローダンは、アルマディストを過小評価していたと認識する。とはいえ、異司令官が不意打ちの効果をねらって果敢なくわだてに出たというサリクの見解に同感したわけではない。このような作戦行動を実行できるテクニックだ。アルマダ艦を、かなりの距離からわずか数光秒程度の宙域に、卓抜な正確さでジャンプさせられるテクニック。

かれはリフレックスの配置をざっと見わたした。敵艦隊は、《バジス》のこれまでの飛行ルート上を横断するような壁を形成している。《バジス》および銀河系船団は、最初の警報で、全エンジン出力を速度ゼロにすべく制動をかけた。つまり、フロストルービンのまわりをゆっくり自転する、どこまでもつづくはてしない瓦礫フィールドのひろがりに対して、相対的静止状態になっている。

「ハミラー、どこまでととのった?」ローダンは大きな声でたずねた。

「まだ準備が終わっていません、サー」いちばん近くのデータ端末から、肉体を持たない者の声が答えた。「あと五時間必要です」

「なんのために?」タウレクが不審そうにきく。

返事は得られない。ローダンは自席にどさりとすわりこむ。これまでに取得したアルマダ共通語の知識がおさめられているトランスレーターを押すと、ハイパー送信機を、無限アルマダによりしばしば用いられている周波に調整した。

「こちらペリー・ローダン、銀河系船団を代表して話している」ローダンは、重々しい声ではじめた。「一連の誤解に終止符を打つときだ。われわれ、敵対的な意図を持っているのではなく、無限アルマダとは異なる目的を持ってここにきている。きみたちがトリイクル9と呼んでいる構築物の現在状況だが、われわれに責任はない。しかし、だれに責任があるのかは知っている。

無限アルマダの最高指揮官との交渉をもとめる。理性をそなえた存在にふさわしく、われわれの問題を解決しようではないか」

ローダンの言葉は自動録音され、話し終えると送信機から再生された。短い間隔をおいてくりかえされるようにセットされて。

数分が過ぎる。探知スクリーン上の動きがとまった。もうそこに出現する艦はない。コンピュータが探知映像を分析する。《バジス》に立ちふさがるように位置する敵艦隊は、およそ七万隻で構成されていた。

ウェイロン・ジャヴィアが神経質に身をすくませた。受信機から突然、とどろくような力強い声が響いてきたのだ。

「ペリー・ローダン……こちらはアルマダ中枢だ」非の打ちどころのないインターコスモで話されたことに、ほとんど驚きはなかった。「そちらが平和的にふるまうのであれば、われわれの側から暴力をふるうことはなく、そちらの安全は保証する。きみやそちらの船団を撃滅する意図はわれわれにはない。だが、交渉はできない……なにに関して交渉するのかを呈示することが前提だ。こちらには、銀河系船団に関連する諸計画がある。わたしの意図を伝える使者をそちらに派遣する。使者の自由通行権をもとめる」

「そちらの使者の自由通行権を保証する」なんの躊躇もなくローダンは答えた。

「けっこうだ。使者はもうそちらに向かっている。かれがいうことをよく聞いてもらいたい」

奥のほうで聞こえていたちいさなノイズが消えた。アルマダ中枢が接続を切ったのだ。

ローダンはじっと眼前を見つめた。

「諸計画に、意図か」ジェン・サリクが苦々しくいう。「相手はわれわれにそれを知らせたいのであって、こちらがそれに同意するかどうか、たずねる気はないらしい」

タウレクが探知映像をさししめした。

「宇宙船の数を数えるがいい。相手が駆使できる技術を想像し、自分がその立場にいると思い描いてみるのだ。ほかの行動がとれるか？」

「もちろんです」サリクはふだんのかれよりずっと激して答えた。「理性をそなえた存在はみな尊重されるべきだ。他者に押しつける権利はだれにもありません……」

ローダンは立ちあがり、

「もっとも重要なことは達成できた」と、いう。「暴力の放棄は双方からはっきり言明されたわけだ。われわれにとって重要なのは、ほんのすこし時間を稼ぐこと」

「五時間だな？」と、タウレクがからかうようにいう。黄色い目の輝きが、ローダンの計画はお見とおしだと語っている。

「そのとおり、五時間だ」ローダンは真剣な面持ちで答えた。

コンピュータ処理された画像を見ると……見わたすかぎりの宇宙の瓦礫群がしだいに薄くなっていき、はるかかなたに弓形の境界がひろがっていた。

死の境界だ。その向こうでは、自転する虚無が待ちかまえている。

あとがきにかえて

渡辺広佐

久しぶりに箱根を訪れ、強羅に一泊した。

のんびりしたかったので、宿のすぐ近くの強羅公園を散策するにとどめる。熱帯植物館やブーゲンビレア館を見物しながら、白雲洞茶苑へ。抹茶をいただいたあと、パンフレットによれば、「近代数寄の『三大茶人』と呼ばれている」鈍翁から三渓そして耳庵へと引き継がれた由緒ある茶室を見学。深山の風情のある四棟からなる茶室群は、岩塊をうまく利用して作られている。

ちなみに、強羅という地名の由来は、箱根強羅観光協会の公式ホームページによると、「早雲地獄からの土石流が崩れ落ちた斜面上の地形であるから大きな石がゴロゴロとした景観からゴロゴロが訛ってゴーラになった」とか、「原野に無数の大石が目立って散在しているので、梵語の『石の地獄』という意味のあることば『ゴーラ』からつけられた」とか、地盤が「非常に固く、亀の甲羅のようであるというところから甲羅が訛ってゴウラになった」とかの説があるようだ。

ほかに客がいなかったので、正面に明星ヶ岳（通称、大文字山）を望む「対字斎」（二代目の庵主三渓の作った席）に長時間とどまり、窓から入る風に身をゆだねる。

青楓巨石の上の茶室かな

べつの客があらわれたのを機に、茶室を出て、噴水池の周囲に置かれたベンチにすわり、訪れてくる人々をぼんやりと眺める。それにしても外国人観光客が増えたものだ。

ふと、北杜夫のことを思い出した。なぜかというと、（高校卒業まで四国で暮らした）私が強羅という地名をはじめて知ったのは、ファンであった北杜夫の著作を通じてだからだ。たとえば、『楡家の人びと』に、四十日間の夏休みを箱根で過ごす、こんな場面がある。

ともあれ、この三人の少年少女らは、近所の山中を何の遠慮もなく我物顔に遊びまわった。強羅公園へ行き、大きな岩や樹の肌に苔がびっしりと生えている園内をしばらくとび廻り、噴水のある池にやってきて、浮んでいるアメンボを乱暴に棒で

叩いた。(「この三人の少年少女ら」とは楡聡、藍子、周二のことだが、周二は作
　者北杜夫をモデルにしている)
北杜夫の父親は、アララギ派を代表する歌人である斎藤茂吉で、この地に山荘を持っていた。というわけで、公園内に、茂吉がこの地を歌った立派な歌碑がある。書は自筆を拡大したものとのこと。

　　おのづから寂しくも
　　あるかゆふぐれて雲は
　　大きく谿に沈みぬ

温泉好きの私は、宿に帰ると、夕食をはさんで三度湯につかり、もちろん翌朝も湯につかった。
これで、旅の目的の八割は終わったのだが、せっかく箱根フリーパスで来ているのだから、時間もたっぷりあることだし、どこかに行こうと思い、なんとなく箱根ガラスの森美術館を訪れ、「ヴェネチアン・グラス二千年の旅展」を見物し、たまたまやっていたガラス楽器の演奏も聴く。ガラス楽器の生演奏を聴くのははじめてだが、指を水に濡

らしながらガラス（グラス）をこすったり、たたいたりするだけでこれほど透明感のある音が出て、しかもちゃんと曲（「ラ・トラヴィアータ」「トルコ行進曲」「少年時代」「ふるさと」）が演奏できるというのは不思議というしかない。

庭の売店ですすめられ、スフォリアテッラという名のパイを食べる。イタリアの焼き菓子ということだが、パリパリとした食感がじつによく、しかも旨かった。

庭からは、小塚山と台ヶ岳のあいだに大涌谷（おおわくだに）の噴煙が見えている。二〇一五年の噴火以来行っていないので、大涌谷に行こうと決める。

以前とはくらべものにならないくらい凄い噴煙で、ロープウェイからの眺めも圧巻だ。べつにそもそもの寿命より七年長生きしたいわけではないが、お約束の黒たまごを食べる。

新涼や大涌谷の黒たまご

ここまで来ると、芦ノ湖の〝海賊船〟で元箱根へ行くしかあるまい。箱根芦ノ湖美術館にイタリアンレストランがあったのを思い出し、行ったのだが、とっくに閉館したようで、廃墟状態になっていた。

さほど空腹ではなかったこともあり、ここでの昼食はやめ、バスで箱根湯本駅まで行く。商店街を歩いていたら揚げたてのさつま揚げ（〈籠屋清次郎〉）がとても旨そうだったので、ピリ辛ごぼうといわし棒を買い、ベンチにすわって食べた。

満腹である。さ、帰るとしよう。

ということで、温泉まんじゅう（〈菜の花〉の「箱根のお月さま」）をお土産に買って、帰途についたのだった。

訳者略歴　1950年生，中央大学大学院修了，中央大学文学部講師　訳書『ハイパー空間封鎖』エーヴェルス（早川書房刊），『ファーブルの庭』アウアー他多数

HM=Hayakawa Mystery
SF=Science Fiction
JA=Japanese Author
NV=Novel
NF=Nonfiction
FT=Fantasy

宇宙英雄ローダン・シリーズ〈553〉

瓦礫の騎兵

〈SF2141〉

二〇一七年九月二十日　印刷
二〇一七年九月二十五日　発行
（定価はカバーに表示してあります）

著　者　H・G・エーヴェルス　クルト・マール
訳　者　渡辺広佐
発行者　早川　浩
発行所　株式会社　早川書房

郵便番号　一〇一 - 〇〇四六
東京都千代田区神田多町二ノ二
電話　〇三 - 三二五二 - 三一一一（大代表）
振替　〇〇一六〇 - 三 - 四七七九九
http://www.hayakawa-online.co.jp

印刷・信毎書籍印刷株式会社　製本・株式会社川島製本所
Printed and bound in Japan
ISBN978-4-15-012141-9 C0197